새롭게 또 새롭게

새롭게
또
새롭게

김태균 엮음
이해선 사진

| 추천사 |

* * *

아아, 김태균!

세상을 천박한 잣대로만 재는 세태 속에서 시의 가치를 알고 시를 사랑하고 시를 암송하는 사람을 만나면 그가 누구든 나는 무조건적으로 고개가 숙여진다. 여기 그런 의사 선생 한 분이 계시다. 그는 전국적으로 소문이 날 정도로 의술만 뛰어난 것이 아니다. 고통에 시달리고 있는 환자에게 따스한 위로의 말로 희망을 주는 의사다. 고통에서 벗어났으나 다시 건강하게 걸을 수 있을까 하는 두려움에 불안한 환자의 휠체어를 밀고 산책하며 환자와 명상을 함께 하고, 시를 낭송해 주며 고통을 극복하는 삶을 재창조해 준다.

이런 의사가 세상에 어디 있는가. 기술과 기계로 환자를 치료하는 의사도 있고, 경험과 투시력으로 깊은 병을 찾아내는 의사도 있고, 환자에게 진정한 인간애를 바쳐 마음과 영혼까지 치료하는 의사도 있다. 그가 바로 김태균 선생이다. 그의 손은 언제나 따뜻하다. 그의 가슴은 언제나 맑고 고요하다. 환자를 환자로만 보지 않고 가족같이 부처님같이 예수님같이 모시는 의사다. 그의 가슴에는 인간 본질과 본성에 대한 성찰과 높고 깊은 정서와 고상한 품격이 담겨 있다. 거기에 아름다운 시심(詩心)까지 곁들여졌으니 무엇을 더 바라겠는가.

그는 탁월한 의술을 발휘할 뿐만 아니라 온 정성을 다 바쳐 환자들의 마음과 영혼까지 치료하는 데 자기의 삶을 아낌없이 바치는 의사다. 의사로서 갖추어야 할 냉철한 이성, 정확한 논리와 인정스러움까지 합해져 의술을 신술(神術)로 바꾸는 의사, 정서와 성찰과 도덕과 교양을 골고루 갖춘 김태균 선생이 육체의 고통은 물론 마음의 위로가 필요한 사람들을 위해 '시가 있는 사진'집을 낸다.

김태균 박사가 늘 시를 좋아하고 격조 있는 글을 쓰는 의사인 것을 알고 있었지만, 본인이 읽은 시를 가려 뽑아 시가 있는 사진집을 낼 만큼 시간과 공력을 바쳐왔다는 것은 이번에 알았다. 시 쓰는 사람만 시인이 아니다. 함께 아파하고 함께 울고 함께 웃는 사람은 다 시인이다. 시인 중의 시인인 김태균 선생!

시 쓰는 사람으로서 그저 고맙고 기쁘고 반갑다. 이 글을 행복한 마음으로 쓴다.

— 김초혜 시인

* * *

자연사 박물관을 자주 찾는다. 박물관에서 내가 오래 머무는 곳은 지구상에 존재했던 다양한 동물의 뼈를 전시하는 공간이다. 뼈에는 생명체가 걸어온 진화의 역사가 고스란히 담겨 있다고 한다. 불가(佛家)에서는 모든 존재가 서로 의지하고 있어서 나와 남이 다르지 않은 불이(不二), 즉 하나의 존재라고 본다.

언젠가 김태균 원장이 유나방송 강연에서 보여준 자료에 의하면 사람 무릎뼈의 원형은 지금으로부터 3억 4천만 년 전 지구상에 존재했던 공룡과 비슷하게 생긴 '에리옵스(Eryops)'라는 생명체까지 거슬러 올라간다고 한다. 그러니 자연사 박물관에서 만나는 세상의 뼈들은 그 생명체와 내가 하나로 연결되어 있음을 보여주는 거울인 셈이다.

30년이 넘는 세월을 뼈에 생긴 질병을 치료하는 무릎의사로서 살아온 김 원장이 관절 질병을 넘어서 마음의 고통까지 보살피겠다는 서원(誓願)을 갖게 된 것은 어쩌면 이렇게 뼈가 가진 지혜의 거울을 늘 보면서 살아왔기 때문일 수도 있겠구나 싶다.

환자의 입장에서 생각하고 최선의 방안을 찾아주는 의사. 언젠가 무릎 수술을 권유받은 환자를 김 원장에게 소개한 적이 있다. "아직은 수술할 때가 아닙니다. 인공 관절이 좋아도 자기 무릎만

큼은 아닙니다. 그러니 지금은 수술이 아닌 방법으로 치료하시면서 오래오래 지내시다가 나중에 꼭 필요하면 그때 수술하셔도 늦지 않습니다. 어쩌면 평생 수술하지 않고 지내실 수도 있습니다" 라는 김 원장의 말에 마치 새 무릎을 얻은 것처럼 좋아하던 환자의 모습이 내게는 신선한 충격이었다.

이처럼 환자의 입장에서 먼저 생각하고 무엇이 진정으로 환자를 위하는 것인가를 늘 고민하는 김 원장의 모습을 나는 좋아한다. 외딴곳의 사람과 그들의 사연을 영혼이 깃든 사진으로 담아내는 이해선 작가, 그는 내가 마음으로부터 아끼는 사람이다. 두 사람의 마음과 사연이 담긴 시와 사진이 한 권의 책으로 나오니 고마운 마음이 가득하다.

세상의 모든 생명체가 연결되어 서로 다르지 않음을 보여주는 자연사 박물관의 뼈들처럼, 이 특별한 시사집(詩寫集)이 '너와 내'가 '건강과 질병'이, '삶과 죽음'이 둘이 아닌 불이의 세상임을 우리에게 일깨워주는 좋은 선물이 될 것으로 기대한다.

—정목 스님 정각사 주지

* * *

마더 테레사가 노벨 평화상을 받고 로마에 갔을 때 많은 기자가 그녀를 기다리고 있었다. 그때 한 기자가 도전적으로 물었다.

"당신은 70세입니다. 당신이 죽으면 세상은 다시 전처럼 될 것입니다. 그렇게 수고한다고 뭐가 달라지겠습니까? 좀 쉬십시오. 그렇게 애써봤자 아무 소용없습니다. 세상은 변하지 않습니다."

한순간 정적이 흘렀다. 이 조그마한 위대한 여인이 어떤 대답을 할지 모두가 긴장하고 있었다. 그녀는 웃으며 말했다.

"보세요, 나는 세상을 변화시킬 수 있다고 믿지 않아요. 나는 그저 한 가지만을 원해요. 하느님의 사랑이 반영될 수 있는 맑은 물 한 방울이 되는 것. 그것이 작은 일이라고 생각하나요?"

당황한 기자는 아무 대답도 하지 못했다. 그러자 마더 테레사가 말했다.

"당신도 맑은 물 한 방울이 되려고 애써보세요. 그러면 우리는 벌써 두 방울이 되네요. 결혼했나요?"

"예, 마더 테레사."

"좋아요, 그러면 당신 부인에게 그걸 말하세요. 그러면 우리는 세 방울이 되지요. 아이들도 있나요?"

"예, 마더 테레사, 셋입니다."

"아주 좋군요, 그러면 그걸 당신 아이들에게도 말하세요. 그러면 우린 벌써 여섯이 되었군요. 하느님의 사랑이 담긴 맑은 물 한 방울이 되는 것, 그것이 작은 일이라고 생각하나요?"

간결하지만 위대한 지혜가 담긴 마더 테레사의 답이다.

통증을 호소하며 병원을 찾는 많은 사람을 계속 만나게 되면 어느 순간 내가 만나는 그 사람이 똑같은 환자로 보일 수밖에 없다. 매일매일 시와 명언을 선정해서 병원에서 일하는 모든 직원과 함께 읽고 나눈 것은 사람을 형식적이고 기계적으로 대하는 태도를 멀리하고자 했다는 뜻으로 나에게 다가왔다. 시와 명언은 자신의 마음을 살피고 돌아보게 만들기 때문이다.

환자들과 눈을 맞추고 그들의 이야기를 들으며 손을 잡아주고 어루만지며 통증을 덜어주려는 김태균 원장의 모습은 하느님의 사랑이 담긴 맑은 물 한 방울이라고 생각한다. 고통받는 사람들의 고통을 덜어주고 그들의 마음을 위로해 주는 맑은 물 한 방울이 아름다운 사랑이다.

— 이상각 남양성모성지 신부

* * *

병원에서 사람의 향기를 느끼기 어려운 요즘, 사람을 사랑하고 사람의 소리를 들으며, 그 사람의 망가진 관절을 고쳐주는 무릎의사, '걸을 수 없다'는 절망의 나락에 빠진 사람을 '다시 걸을 수 있다'는 희망의 세상으로 이끌어주는 김태균 원장. 나 또한 김태균 원장님의 보살핌 덕에 아픈 무릎을 치료받고 지금은 행복한 일상으로 복귀하여 이 글을 쓰고 있다.

바쁜 일상에서 스스로의 마음을 아름답게 가꾸면서 다른 이들에게 따뜻한 손길을 내미는 이 시집으로 오늘 나는 시를 사랑했던 문학소녀의 가슴 설렘을 다시 느낀다. 누구나 좋아할 수 있는 명시와 명언에 어울리는 이해선 작가의 사진은 나와 세상을 가만히 들여다볼 수 있는 기회를 선사한다.

의사로서의 아름다운 삶과 마음이 고스란히 드러나는 김태균 원장의 서문과 단문들을 읽는 것도 이 책이 주는 또 하나의 기쁨이다. 힘들고 복잡한 세상을 살아내야 하는 우리 독자들은 책을 열 때마다 따뜻하고 싱그러운 봄날 같은 행복을 만날 수 있을 것이다.

—김정숙 삼성서울병원 원목

* * *

독자는 적지만 시인은 많은 이상한 세상을 우리는 살고 있다. "예전 독자가 다 시인이 됐다"라는 어느 시인의 고백은 자조적인 한탄인지, 시를 쓰는 사람이 많다는 사실에 대한 기쁨의 찬탄인지 알 수가 없다. 아직도 시를 읽는 사람들이 있다는 사실이 신기하다. 아니, 고맙다.

병원에서 일하는 분들이 단톡방에 올린 시를 엮어 시집을 출간한다는 소식도 시 안 읽는 이 시대의 시인 된 입장에선 신기하고 흥미롭다. 인도의 구루 라즈니쉬는 천 편의 시를 썼다 해도 시인 아닌 사람이 있고, 단 한 줄의 시를 쓴 적 없어도 시인인 사람이 있다고 말했다.

문자로 된 시보다 살아가는 삶 자체가 시가 되라는 말이다. 인생의 시인이 되라는 이 말은 시가 읽히지 않는 이 시대에 시사하는 바가 크다. 시 안 읽는 시대, 단톡방에 시를 올려 서로의 삶을 위로한 아름다운 분들께 감사 인사드린다. 인생을 시처럼 살자.

—김재진 시인

* * *

외로운 저녁 가슴의 금(琴)을 울리는 시 한 편을 갖지 못한 사람은 불행하다. 결단을 앞두고 방황할 때 전두엽에 번개처럼 꽂히는 명구 한 구절 품지 못한 사람은 잘못 살아온 것이다. 먼 길 가는 이에게 나침반과 지도가 필요하듯이 우리 사는 동안에도 그런 가르침이 필요하다.

여기 모은 시와 경구들은 심장을 뛰게 하는 우리의 기도, 청원, 갈망을 드러낸다. 의사 김태균이 오래 품고 읽은 시와 경구들은 균형과 품격이 있는 길을 갈 수 있게 영감을 주었을 것이다.

사진작가 이해선의 사진은 이 맑고 향기로운 시와 경구들과 잘 어우러지며 미명 속 등불처럼 홀연 빛난다. 그의 사진은 아름다움 너머의 아름다움을 꿈꾸게 하고, 소란과 악다구니 넘치는 이 세상 너머에 또 다른 고요하고 깨끗한 세상이 있다고 속삭이는 듯하다.

이 아름다운 책을 사는 게 힘들다고 한숨을 내쉬는 당신의 머리맡에 가만히 놓아주고 싶다.

— 장석주 시인

* * *

무릎을 꿇을 때가 있습니다. 기도할 때와 사랑할 때이지요. 둘 다 자신을 한없이 낮추는 자세입니다. 무릎의사 김태균 원장은 자신뿐만 아니라 아픈 이들의 '마음 문턱'까지 낮춰줍니다. 그의 기도와 사랑은 진료실 안팎을 수시로 넘나들지요. 수술실 입구 맞은편에 천사 같은 간호사 사진을 걸고, 출구 벽에는 귀여운 티베트 아이들의 사진을 걸어두는 마음! 그 사이로 삶의 높낮이를 아우르는 인술(仁術)의 강물이 흐릅니다.

날마다 명시와 명언을 직원들과 나누는 모습은 우리 영혼을 어루만지고 헹구는 치유의 과정이지요. 이 멋진 '치유의 언어'들이 이해선 작가의 성스러운 사진을 만나 환상적으로 빛납니다. 히말라야 잔스카르의 어린 라마승이 해맑은 미소를 머금은 채 두 손으로 쟁반을 들고 가는 모습은 시보다 더 시적입니다. 그 배경의 여백에 얼마나 많은 시간의 씨눈이 감춰져 있을까요.

한참을 들여다보다가 그 옆에 펼쳐진 김춘수의 시처럼 "그에게로 가서 나도/그의 꽃이 되고 싶다"는 생각을 했습니다. 그 순간 이 책의 제목처럼 저도 '새롭게 또 새롭게' 거듭났으니 생(生)의 비의(秘義) 앞에 경건하게 무릎 꿇는 일이 이토록 아름답고 또 행복합니다.

— 고두현 시인

* * *

“시인들은 이 세상의 알려지지 않은 입법자들이다.” 낭만주의 시인 셸리의 이 말은 글의 힘에 대한 내가 상상할 수 있는 가장 강한 주장이다. 김태균 교수가 선정한 시와 같이 좋은 시를 읽다 보면 셸리의 주장은 그 반대로도 옳지 않을까 싶다. “시인들은 알려지지 않은 세상을 위한 입법자들이다”라고.

이 책은 그리 두껍지 않다. 그러나 책이 소개하는 세상은 매우 깊다. 이 책에 소개된 시와 사진은 우리를 알려지지 않은 세상을 탐구하도록 초대할 뿐만 아니라, 우리 안 미지의 세상으로, 잠시 한 걸음 뒤로 물러서서 내 내면의 세계를 깊게 살필 수 있도록 안내한다. 그 안내의 본질은 사람다움에 대한 것이리라.

김태균 교수와 우정을 나눌 수 있는 것이 내게는 영광이며 축복이다. 삶에서의 그의 존재가 환자와 주변 사람들에게 축복이듯이, 이 책에서 만날 수 있는 그의 안목은 책을 읽는 독자들에게 축복이 될 것으로 믿는다.

—세스 S. 레오폴드 Seth S. Leopold, 미국 워싱턴 의과대학 교수, 《*CORR*》 편집장

* * *

의대 학창 시절 잘 어울려 보이는 1년 후배 캠퍼스 커플이 있었다. 두 사람이 함께 있는 모습이 어찌나 평온해 보이던지 그 분위기가 아직도 기억난다. 정형외과와 산부인과 전공의로 나와 같은 병원에 근무하던 둘과 나는 가까이 지내게 되었다. 남편 김태균 선생은 서울대 교수가 되고 아내 김은경 선생은 개인병원 원장이 되어 열심히 살았고, 나는 나대로 바쁜 생활에 한동안 서로 연락을 못 하고 지냈었다. 2010년 아이들이 미국에 있는 같은 대학에 입학하고 학부모로 정기 모임을 가지면서 우리는 더욱 가까운 사이가 되었다.

2017년 무릎 관절 전문가로 국내외 명성이 자자하던 김태균 교수가 대학병원을 떠나 개인병원을 시작한다고 했다. 개원식에 참석해서야 티케이 병원을 시작하는 그의 뜻을 알게 되었고, 따뜻하고 귀한 마음을 쓰는 김 원장이 후배이지만 존경스러웠다. 올해 초 티케이 병원에서 인문학 강연을 할 기회가 있었다. 직원들의 꼼꼼한 준비, 강연 내내 열의에 찬 눈빛, 뒤풀이에서의 포근함을 모두 잊을 수 없다. 이들이 멋진 이유를 이제야 분명히 알겠다.

항상 마음에 명시와 명언을 접하는 사람의 행동은 다를 수밖에 없다. 나도 글을 쓰고 책을 내고 인문·경영 강의를 하면서 항상 좋은 사진과 멋진 문장으로 오랫동안 사람들의 마음에 남을 수 있는 마무리를 하고자 노력한다. 좋은 책이나 좋은 강의는 사람의 행동을 바꿀 수 있다고 하는데 그 핵심은 한 장의 사진, 한 줄의 카피이기 때문이다. 사실 한두 개 찾아내는 일도 쉽지 않거늘 그 일을 매주 하다니! 그리고 그것을 모아 책으로 내다니! 뜨거운 사랑과 꾸준한 열정 없이는 할 수 없는 일이다. 티케이 병원의 직원과 환자가 부럽다. 무릎이 아파 한 번쯤 이 병원 환자가 되어보고 싶다는 엉뚱한 상상은 나에게만 떠오른 것일까?

— 김종혁 의사, 서울아산병원 교수 및 전 기획조정실장

* * *

무릎의사 김태균은 무릎만을 치료하지도 환자만을 치료하지도 않는다. 무릎 수술하러 갔더니 내 손을 잡으며 마음의 병이라고 말하던 김태균 원장. "가족이 더 힘드시죠"라며 같이 온 아내를 다독이던 그. 항상 도레미파 다음 쏘~올 톤이다. "어머니이~ 오셨어요", "아휴우~ 좀 어떠세요"라고 말하는 그의 따뜻함에 진료를 기다리는 사람들의 얼굴이 밝아진다.

김 원장은 기존의 통념을 깨고 아주 비싼 건물 1층 금싸라기에 직원을 우선으로 구내식당을 만든 데다가(물론 나로서는 이해하기 어렵다) 더 비싼 1층 입구에는 고객 맞이 공간을 만들어 병원을 오가는 사람들에게 쉼을 제공한다. 그는 상위 0.1퍼센트만 허락하는 학교, 사회를 경험했음에도 우월주의에 빠져 잘난 척하지 않는다. 이런 의사야말로 진짜 선생님이다.

『새롭게 또 새롭게』를 읽으며 그제야 아하! 이것이었구나 하고 깨달았다. 그를 만나면 스스로 아파하는 사람 냄새가 나고, 밝은 듯 슬픈 듯 깊은 감성이 느껴지는 것이. 이렇게 쉬지 않고 노력하고 함께 나누려고 애쓰는 무릎의사 김태균. 그의 환자가 됨으로써 시작된, 그와 함께 배우고 나누며 사는 이 인연이, 삶이 참으로 고맙다.

— 김태균 루트컨설팅 대표, 정서지능 한국 대표

* * *

교수님께서는 내게 아픈 무릎을 고치는 방법만을 가르쳐주시지 않았다. 환자의 두려움, 가족들의 아픈 마음까지도 돌보는 방법을 일러주셨다. 엄격한 도제 사회에서도 제자들을 함께 수행하는 벗, 도반(道伴)으로서 가족처럼 챙겨주셨고, 긴 세월이 지난 지금도 변함없이 그 모습으로 보살펴주신다. 제자들에게 수술 중에, 회진 중에, 식사 중에, 또는 메일로 좋은 말씀을 전해주시고는 그 말씀들을 언제나 스스로 실천하는 분이다. 이 세상 어디를 가도 이런 스승을 또 만날 수는 없다.

내게는 이번에 내시는 책 『새롭게 또 새롭게』가 교수님께서 늘 애쓰시며 함께 나누는 삶의 또 하나의 실천으로 다가온다. 책장을 넘기며 만나는 명시와 명언과 이해선 작가의 사진이 만드는 멋진 울림은 힘들고 아픈 삶을 살아가는 우리 모두에게 큰 위안과 격려가 될 것임을 나는 믿어 의심치 않는다.

— 정병준 의사, 대치서울정형외과 원장

* * *

'군사부일체(君師父一體)'라는 오래된 말을 사용하지 않더라도, 성인이 되어 만난 스승은 내게 또 한 분의 아버지와 다름없었다. 진료실과 수술실, 연구실에서, 그리고 제자들의 교육에 이르기까지, 언제나 모든 면에서 완벽하셨던, 그러면서도 늘 더 완벽하려고 애쓰던 스승. 교수님의 뒷모습은 어릴 적 바라보던 내 아버지의 두 어깨처럼 든든한 버팀목 같았지만, 한편으로는 왠지 모를 외로움이 느껴졌다. 온 세상을 두 어깨에 지고 있다는 신화 속 주인공처럼 교수님의 뒷모습은 많은 말을 하고 있었다. 그 많은 일들을 빈틈없이 해나가는, 누구보다 완벽한 사람처럼 보이던 교수님도, 우리처럼 때로는 위안이 필요했으리라.

가정을 이루고 아이들을 키우면서 부모님 마음을 이해하게 된 것처럼, 무릎의사로서 또 병원의 경영을 책임지는 경영자로서 교수님이 걷고 계신 길을 따라가는 지금, 이제 교수님의 외로움을 조금이나마 이해할 수 있다. 온 세상이 잠든 새벽, 홀로 마주하는 시 한 편에서 위안을 얻고 또 매일 교수님이 지켜내야 할 하루치의 전장으로 힘든 걸음을 옮겨오셨다는 것을 이제야 알게 된다. 향기로운 시 한 편과 이해선 작가의 사진이 우리를 맑고 향기로운 새벽녘 교수님의 서재로 초대한다.

—나영곤 의사, 서울원병원 대표원장

나와 내 가족을 믿고 맡길 수 있는, '세상에 꼭 필요한 병원'을 만들겠다는 다짐으로 판교에 작은 병원을 시작한 것이 5년 전 이즈막이다. 어느 하루도 마음 편하게 지나간 적이 없었다. 늘 무엇인가를 걱정하고, 늘 무엇인가를 해결해야 하는 세월이었다.

앞으로의 세월 또한 다르지 않으리라고 생각한다. 그러나 후회하지도 걱정하지도 않는다. 떨고 있는 나침반 바늘은 정북을 향하고 있다는 어느 시인의 말처럼, 늘 걱정하고, 늘 해결해야 할 문제가 있다는 것은 우리가 바른 곳을 향해서 나아가고 있다는 뜻일 터이니.

병원을 시작하면서 걱정 가득한 내 마음도 달래고 직원들 사기도 높일 겸 매일매일 명시와 명언을 선정해서 병원 직원들과 함께 나눴다. 그렇게 직원들과 함께 읽은 명시와 명언 중에서 매주 한 편씩을 선정해 이해선 작가께 글과 어울리는 사진을 요청했다. 선정된 시와 사진이 함께 엮인 것을 월요일 아침마다 '새롭게 또 새롭게'라는 제목으로 직원들과 다시 나눴다.

이 책은 이렇게 모인 150여 편의 시와 명언 그리고 사진 모음집이다. 이해선 작가, 그를 아끼는 어느 시인은 그의 작품 세계를 "외로운 방랑자의 혈관 속을 흘러가는 상처와 그리움의 흔적"이라고 소개한 바 있다. 나는 이해선 작가의 사진을 볼 때마다 그의 아픔과 외로움이 피사체에 대한 존경과 사랑으로 승화되어서 가장 아름다운 모습으로 그의 카메라에 담긴다고 느낀다.

발고여락(拔苦與樂)이라는 사자성어가 있다. 의사의 본분 역시 발고여락의 뜻처럼 괴로움을 덜어주고 즐거움을 주는 것이라 생각한다. 나에게 있어서 명시와 명언은 시련 속에서 탄생한 인류의 숭고한 정신의 표상이다. 이 자랑스러운 유산에 이해선 작가의 사진에 담긴 빛과 아름다움을 헌정하고 싶다. 이 책을 통해 심신의 질병으로 고통받는 분들이 괴로움을 벗어나 행복으로 나아갈 수 있는 용기를 얻기를 바란다.

책이 나올 수 있도록 평생의 귀한 작품들을 기꺼이 제공해 준 이해선 작가께, 또 매주 명시와 명언을 선정하고 '새롭게 또 새롭게'를 준비해 준 티케이(TK) 아카데미 회원들께 머리 숙여 감사의 인사를 올린다.

2022년 7월

티케이정형외과 不二室에서

무릎의사 김태균

| 차례 |

2장 그리움

3장 행복

2부 절망이 아닌 희망

내 삶을 바꾼 명언

1장 관계 맺는 삶

2장 성장하는 삶

1부
살아 있는 기쁨

내 마음을 울린 시

| 1장 |

사랑

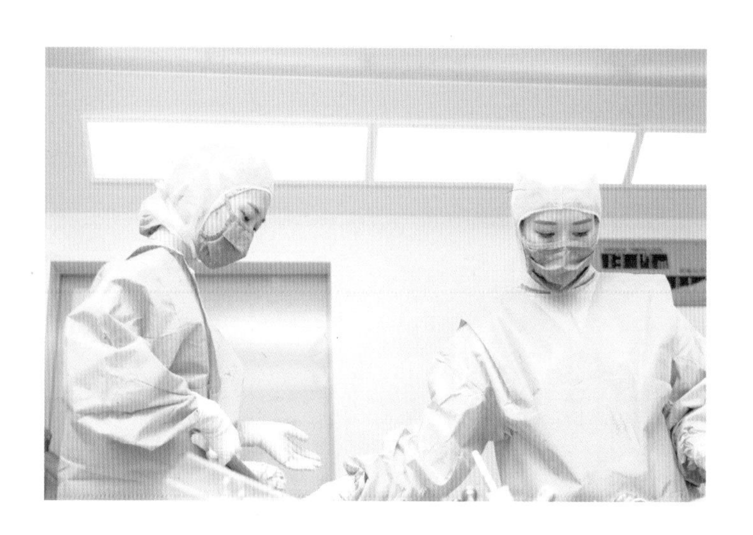

일요일에 입원하는 분들은 1층 고객지원실에서 입원 수속을 하고는 같은 층에서 가족들과 작별한다. 엘리베이터 문이 닫힐 때 환자는 물론 가족도 우는 경우가 있다. 환자들은 정겨운 가족을 떠나 낯선 곳에 남겨지는 것을 무섭고 서럽게 느끼는 듯하다. 수술실에 들어가는 순간은 더욱 더 두려울 것이다. 그래서 수술실 입구 맞은편에 고운 간호사 사진을 걸고, 그 이름을 'Angels'라 하였다. 수술실에 들어가는 것은 무서운 일이 아닌 천사의 품에 안기는 것이라는 뜻으로. 수술을 마치고 나오는 출구 벽면에는 예쁘고 귀여운 티베트 아이들 사진 모음을 걸어서 제목을 '인연, 언젠가 만날'이라 지었다. 이제 재활 치료 잘 마치고 저렇게 곱고 설레는 인연들을 만들어가시라는 기도를 담아서.

꽃

김춘수

내가 그의 이름을 불러 주기 전에는
그는 다만
하나의 몸짓에 지나지 않았다.

내가 그의 이름을 불러 주었을 때
그는 나에게로 와서
꽃이 되었다.

내가 그의 이름을 불러 준 것처럼
나의 이 빛깔과 향기에 알맞는
누가 나의 이름을 불러 다오.
그에게로 가서 나도
그의 꽃이 되고 싶다.

우리들은 모두
무엇이 되고 싶다.
너는 나에게 나는 너에게
잊혀지지 않는 하나의 눈짓이 되고 싶다.

잔스카르, 2008

당신 생각에

앤드류 토니

당신도 어렴풋이 아실 테지만
이건 모두 당신 탓이에요.
오늘 전 아무 일도 못 했거든요.
무슨 일을 시작하려 들면
당신이 떠올라서요.

처음엔 살며시, 그러다가……
내 머릿속은 온통 당신 생각으로 가득 차지요.
포근한 느낌, 멋진 생각, 정말 사랑스러운……

안 돼요.
어서 이런 생각을 떨쳐버려야죠.
전 오늘 해야 할 일이 무척 많거든요.

그래서 말인데요,
전 지금
아주 중요한 일부터
시작해야 하겠어요.

먼저 당신에게 알리겠어요.
내가 얼마나 당신을 원하는지

당신이 내게 얼마나 필요한지
그리고 내가 얼마나 얼마나
당신을 원하고 있는지를 말이에요.

원주, 2017

마흔 번째 봄

함민복

꽃 피기 전 봄 산처럼
꽃 핀 봄 산처럼
꽃 지는 봄 산처럼
꽃 진 봄 산처럼

나도 누군가의 가슴
한번 울렁여보았으면

네팔, 2007

풀꽃 · 1

나태주

자세히 보아야
예쁘다

오래 보아야
사랑스럽다

너도 그렇다.

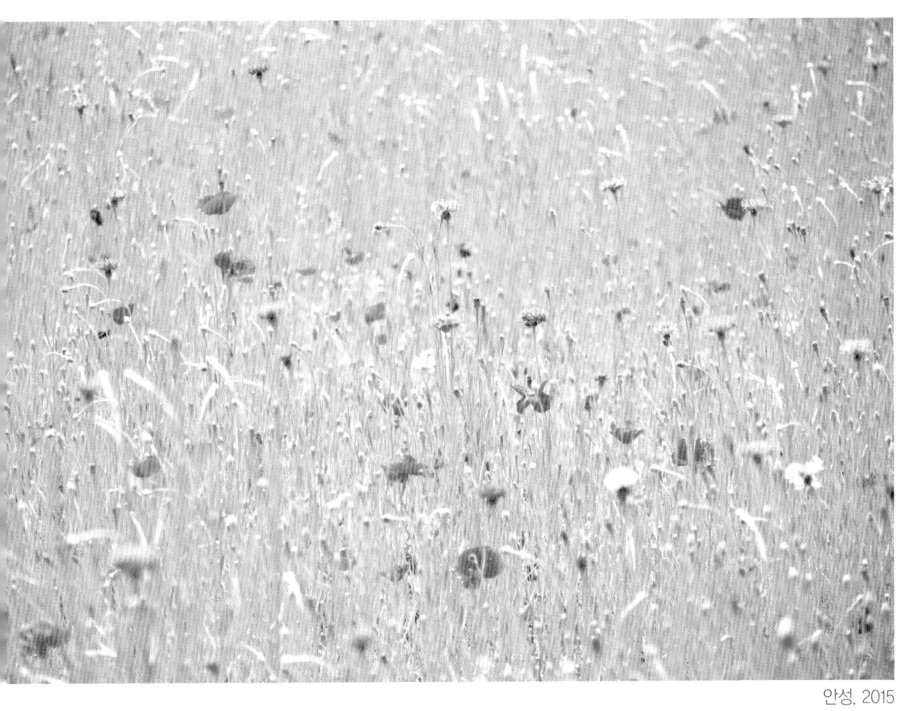

안성, 2015

사랑하는 까닭

한용운

내가 당신을 사랑하는 것은 까닭이 없는 것이 아닙니다
다른 사람들은 나의 홍안만을 사랑하지마는 당신은 나의 백발도 사랑하는 까닭입니다

내가 당신을 그리워하는 것은 까닭이 없는 것이 아닙니다
다른 사람들은 나의 미소만을 사랑하지마는 당신은 나의 눈물도 사랑하는 까닭입니다

내가 당신을 기다리는 것은 까닭이 없는 것이 아닙니다
다른 사람들은 나의 건강만을 사랑하지마는 당신은 나의 죽음도 사랑하는 까닭입니다

흑산도, 2021

오늘

칼라일

여기 또 다른
새날이 밝아온다
당신은 이 날을
헛되이 흘려보내려고 하는가

우리는 시간의 소중함을 알긴 하지만
누구도 그 소중함을 느끼지 못한다
시간은 우리가 자칫
한눈을 파는 동안
순식간에 저만큼 도망쳐버린다

오늘 또 다른
새날이 밀려왔다

설마 그대는 이 날을
헛되이 흘려보내려는 것은 아니겠지

성주 법수사터, 2021

사랑은 불이어라

박노해

딸아 사랑은 불 같은 것이란다
높은 곳으로 타오르는 불 같은 사랑
그러니 네 사랑을 낮은 곳에 두어라

아들아 사랑은 강물 같은 것이란다
아래로 흘러내리는 강물 같은 사랑
그러니 네 눈물을 고귀한 곳에 두어라

우리 사랑은 불처럼 위험하고
강물처럼 슬픔 어린 것이란다
나를 던져 온전히 불사르는 사랑
나를 던져 남김없이 사라지는 사랑

사랑은 대가도 없고 바람도 없고
사랑은 상처 받고 무력한 것이지만
모든 걸 다 가져도 사랑이 없다면
우리 인생은 아무것도, 아무것도 아니란다

사랑이 길이란다
사랑이 힘이란다
사랑이 전부란다

언제까지나 네 가슴에
사랑의 눈물이 마르지 않기를
눈보라 치는 겨울 길에서도
우리 사랑은 불이어라

잔스카르, 2008

어떤 경우

이문재

어떤 경우에는
내가 이 세상 앞에서
그저 한 사람에 불과하지만

어떤 경우에는
내가 어느 한 사람에게
세상 전부가 될 때가 있다.

어떤 경우에도
우리는 한 사람이고
한 세상이다.

라다크, 2008

어머니 1

김초혜

한몸이었다
서로 갈려
다른 몸 되었는데

주고 아프게
받고 모자라게
나뉘일 줄
어이 알았으리

쓴 것만 알아
쓴 줄 모르는 어머니
단 것만 익혀
단 줄 모르는 자식

처음대로
한몸으로 돌아가
서로 바꾸어
태어나면 어떠하리

화성, 2015

나의 꿈

한용운

당신이 맑은 새벽에 나무 그늘 사이에서
산보할 때에 나의 꿈은 작은 별이 되어서
당신의 머리 위를 지키고 있겠습니다.
당신이 여름날에 더위를 못 이기어
낮잠을 자거든 나의 꿈은 맑은 바람이 되어서
당신의 주위에 떠돌겠습니다.
당신이 고요한 가을밤에 그윽히 앉아서
글을 볼 때에 나의 꿈은 귀뚜라미가 되어서
책상 밑에서 귀뚤귀뚤 울겠습니다.

잔스카르, 2008

사랑만이 희망이다

V. 드보라

힘겨운 때일수록 사랑만이 희망이다.

새들은 검은 먹구름이 드리울수록
더욱 세찬 날갯짓을 하고
날이 어두워질수록 꽃은 마지막 순간까지
어둠을 향해 고개를 든다.

마지막 순간까지 버티는 꽃처럼
하늘이 내려앉을수록
더 높이 비상하는 새들처럼
사람은 사랑을 위해 최선을 다해야 한다.

사랑만이 우리에게
진정한 희망일 때가 있다.

토스카나, 2017

희망이란

루쉰

희망이란 본래
있다고도 할 수 없고
없다고도 할 수 없다.

그것은 마치
땅 위의
길과 같은 것이다.

본래 땅 위에는
길이 없었다.

한 사람이 먼저 걸어가고
사람이 많이 다니게 되면
그곳이 곧
길이 되는 것이다.

티베트, 1997

그 사람을 가졌는가

함석헌

만릿길 나서는 길
처자를 내맡기며
맘놓고 갈 만한 사람
그 사람을 그대는 가졌는가

온 세상 다 나를 버려
마음이 외로울 때에도
'저 맘이야' 하고 믿어지는
그 사람을 그대는 가졌는가

탔던 배 꺼지는 시간
구명대 서로 사양하며
"너만은 제발 살아다오" 할
그 사람을 그대는 가졌는가

〔마지막 숨 넘어오는 순간
그 손을 부썩 쥐며,
'여보게 이 조선을' 할
그 사람을 그대는 가졌는가〕

불의의 사형장에서
"다 죽여도 너희 세상 빛을 위해
저만은 살려두거라" 일러줄
그 사람을 그대는 가졌는가

잊지 못할 이 세상을 놓고 떠나려 할 때
"저 하나 있으니" 하며
빙긋이 웃고 눈을 감을
그 사람을 그대는 가졌는가

온 세상의 찬성보다도
"아니" 하고 가만히 머리 흔들 그 한 얼굴 생각에
알뜰한 유혹을 물리치게 되는
그 사람을 그대는 가졌는가

〔가졌거든 그대는 행복이니라
그도 행복이니라
그 둘을 가지는 이 세상도 행복이니라
그러나 없거든 거친 들에 부끄럼뿐이니라〕

안성, 2015

사랑의 아픔

미셸 쿠오스트

아들아, 사랑한다는 것은 결코 쉬운 일이 아니란다.
누군가를 사랑하고 있다고 생각하지만
그것은 때로 자기를 사랑하는 것에 불과하단다.
그래서 모든 일이 헛것이 되고 만단다.

사랑한다는 것은 누군가와 만나는 일이다.
그 일 때문에 내 일을 제쳐두고
기쁜 마음으로
그 사람을 향해 그 사람을 위해 가는 거란다.

사랑하는 것은 마음이 통하는 일이며
마음이 통하기 위해서는
그 사람을 위해 자기를 잊고
그 사람을 위해 자기를 완전히 낮춰야 한다.

아들아 알겠느냐, 사랑은 아픔이다.
아담과 하와가 원죄를 지은 이후,
사람을 사랑한다는 것은
그 사람을 위하여 제 몸을 십자가에 못 박는 일이란다.

라자스탄, 2007

사랑할 날이 얼마나 남았을까

김재진

남아 있는 시간은 얼마일까.
아프지 않고
마음 졸이지도 않고
슬프지 않고 살아갈 수 있는 날이
얼마나 남았을까.
온다던 소식 오지 않고 고지서만 쌓이는 날
배고픈 우체통이
온종일 입 벌리고 빨갛게 서 있는 날
길에 나가 벌 받는 사람처럼 그대를 기다리네.
미워하지 않고 성내지 않고
외롭지 않고 지치지 않고
웃을 수 있는 날이 얼마나 남았을까.
까닭 없이 자꾸자꾸 눈물만 흐르는 밤
길에 서서 하염없이 하늘만 쳐다보네.
걸을 수 있는 날이 얼마나 남았을까.
바라보기만 해도 가슴 따뜻한
사랑할 날이 얼마나 남았을까.

보령, 2015

함께 있되 거리를 두라

칼릴 지브란

함께 있되 거리를 두라.

하늘의 바람이 그대들 사이에서 춤추게 하라.

서로 사랑하라.

그러나 사랑으로 구속하지는 말라.

그보다 너희 영혼의 두 언덕 사이에 출렁이는 바다를 놓아두라.

서로의 잔을 채워주되 각자의 잔으로 마셔라.

서로의 빵을 나눠주되 한 사람의 빵만을 먹지 말라.

함께 노래하고 춤추며 즐거워하되 각자는 홀로 있게 하라.

마치 현악기의 줄들이 하나의 음악을 울릴지라도 각각의 줄은 서로 혼자이듯이.

서로 가슴을 내어주라. 그러나 서로의 가슴속에 묶어두지는 말라.

오직 생명의 손길만이 너희의 가슴을 간직할 수 있다.

함께 서 있으라. 그러나 너무 가까이 서 있지는 말라.

사원의 기둥들도 떨어져 있고

참나무와 삼나무는 서로의 그늘 속에선 자랄 수 없으니.

미리내성지, 1995

모든 순간이 꽃봉오리인 것을

정현종

나는 가끔 후회한다
그때 그 일이
노다지였을지도 모르는데……
그때 그 사람이
그때 그 물건이
노다지였을지도 모르는데……
더 열심히 파고들고
더 열심히 말을 걸고
더 열심히 귀기울이고
더 열심히 사랑할걸……

반벙어리처럼
귀머거리처럼
보내지는 않았는가
우두커니처럼……
더 열심히 그 순간을
사랑할 것을……

모든 순간이 다아
꽃봉오리인 것을,
내 열심에 따라 피어날
꽃봉오리인 것을!

바라나시, 2012

누가 참 나일까?

진각 혜심

연못가에 홀로 앉았다가
우연히 연못 밑의 중을 만났네
말없이 웃으며 서로 바라보는 것은
그대에게 말해도 대답하지 않을 줄 알기 때문이네

용인, 2010

달이 떴다고 전화를 주시다니요

김용택

달이 떴다고 전화를 주시다니요
이 밤 너무 신나고 근사해요
내 마음에도 생전 처음 보는
환한 달이 떠오르고
산 아래 작은 마을이 그려집니다
간절한 이 그리움들을,
사무쳐 오는 이 연정들을
달빛에 실어
당신께 보냅니다

세상에,
강변에 달빛이 곱다고
전화를 다 주시다니요
흐르는 물 어디쯤 눈부시게 부서지는 소리
문득 들려옵니다.

안성, 2013

승무

조지훈

얇은 사(紗) 하이얀 고깔은
고이 접어서 나빌네라.

파르라니 깎은 머리
박사(薄紗) 고깔에 감추오고

두 볼에 흐르는 빛이
정작으로 고와서 서러워라.

빈 대(臺)에 황촉(黃燭) 불이 말없이 녹는 밤에
오동잎 잎새마다 달이 지는데

소매는 길어서 하늘은 넓고
돌아설 듯 날아가며 사뿐이 접어올린 외씨보선이여.

까만 눈동자 살포시 들어
먼 하늘 한 개 별빛에 모도우고

복사꽃 고운 뺨에 아롱질 듯 두 방울이야
세사에 시달려도 번뇌(煩惱)는 별빛이라.

휘어져 감기우고 다시 접어 뻗는 손이
깊은 마음속 거룩한 합장(合掌)이냥 하고

이 밤사 귀또리도 지새는 삼경(三更)인데
얇은 사(紗) 하이얀 고깔은 고이 접어서 나빌네라.

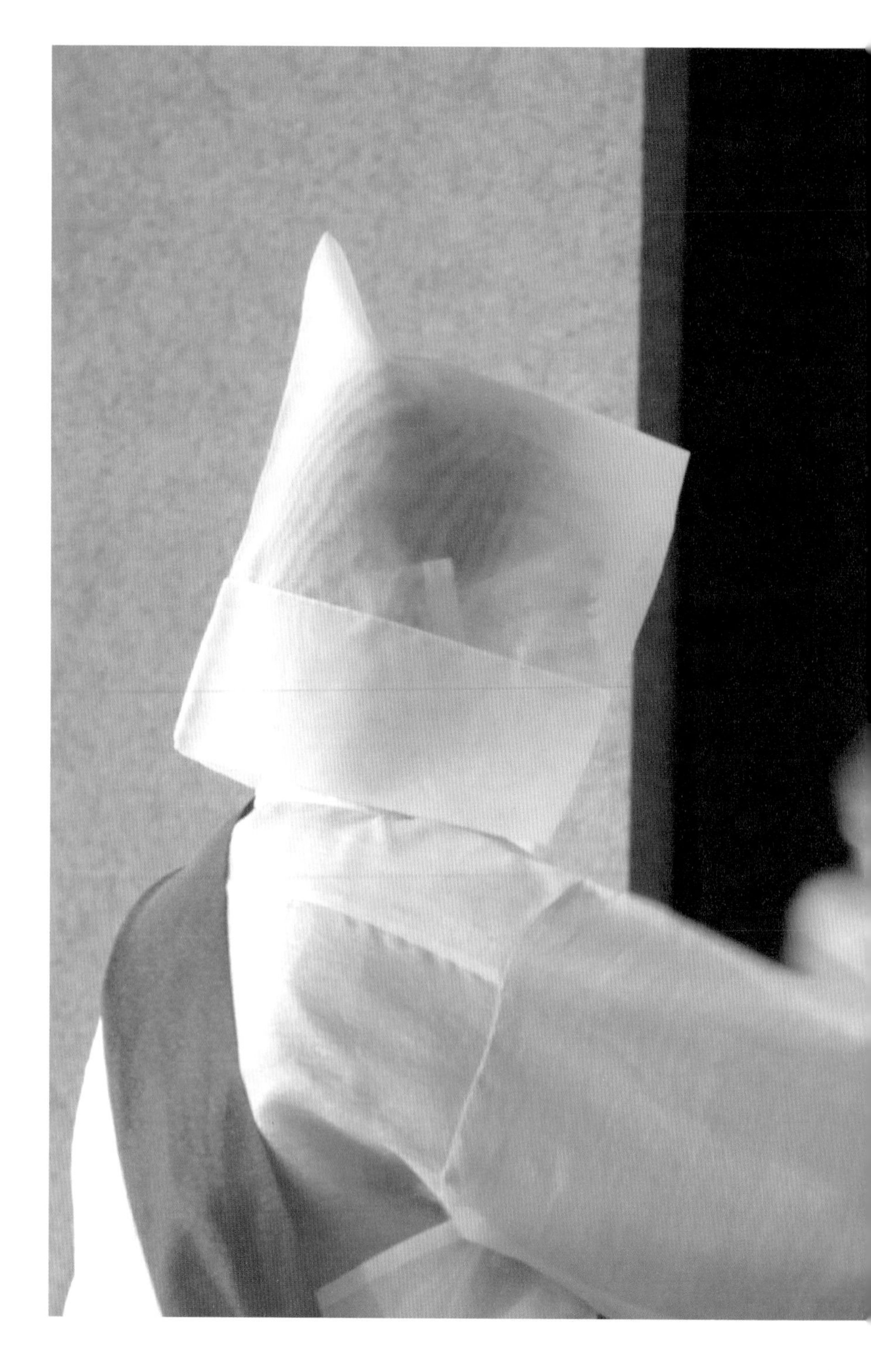

서울, 2021

진달래꽃

김소월

나 보기가 역겨워
가실 때에는
말없이 고이 보내드리우리다

영변(寧邊)에 약산(藥山)
진달래꽃
아름 따다 가실 길에 뿌리우리다

가시는 걸음 걸음
놓인 그 꽃을
사뿐히 즈려밟고 가시옵소서

나 보기가 역겨워
가실 때에는
죽어도 아니 눈물 흘리우리다

태안, 2016

낙화

이형기

가야 할 때가 언제인가를
분명히 알고 가는 이의
뒷모습은 얼마나 아름다운가.

봄 한철
격정을 인내한
나의 사랑은 지고 있다.

분분한 낙화……
결별이 이룩하는 축복에 싸여
지금은 가야 할 때,

무성한 녹음과 그리고
머지않아 열매 맺는
가을을 향하여

나의 청춘은 꽃답게 죽는다.

헤어지자
섬세한 손길을 흔들며
하롱하롱 꽃잎이 지는 어느 날

나의 사랑, 나의 결별,
샘터에 물 고이듯 성숙하는
내 영혼의 슬픈 눈.

제주, 2018

마침표

민병도

힘겹다고 함부로
마침표 찍지 마라

그리움도 설레임도
낡고 삭아 지겹지만

끝나도
끝나지 않은,
상처 안에 길 있으니

스피티 밸리, 2008

사랑에 답함

나태주

예쁘지 않은 것을 예쁘게
보아주는 것이 사랑이다

좋지 않은 것을 좋게
생각해주는 것이 사랑이다

싫은 것도 잘 참아주면서
처음만 그런 것이 아니라

나중까지 아주 나중까지
그렇게 하는 것이 사랑이다.

이스터섬, 1999

| 2장 |

그리움

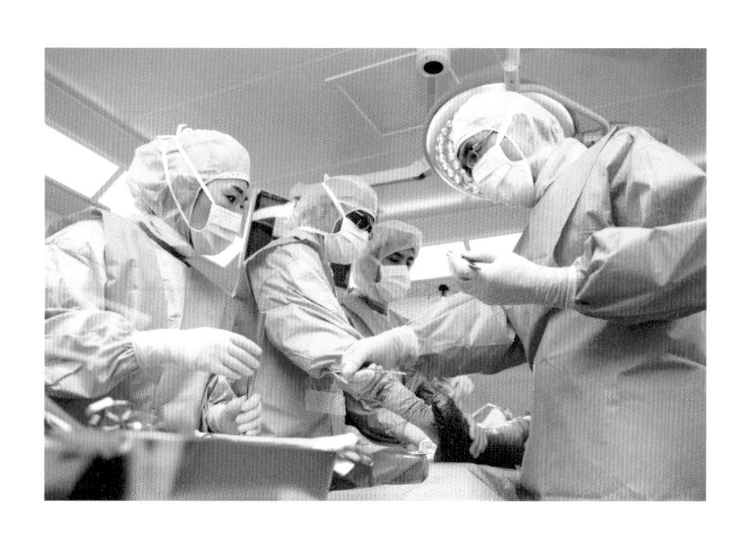

수행의 중요한 방편으로 절을 강조하시는 불필 스님께서 병실에 계실 때 하신 말씀, "원장님, 매일매일 108배는 해야 원장님이 계획하는 꿈을 이룰 수 있습니다."

끈기 부족하고 게으른 내가 이참에 수술장 갱의실에 방석을 준비해서 수술 들어갈 때마다 3배를 한다, 108배에는 턱없이 부족하지만.

불: 이 환자분이 부처님이심을 잊지 않겠습니다.

법: 모든 순간을 배움의 기회로 삼겠습니다.

승: 팀을 잘 이끌어서 화합을 이루겠습니다.

해당화

한용운

당신은 해당화 피기 전에 오신다고 하였습니다. 봄은 벌써 늦었습니다.
봄이 오기 전에는 어서 오기를 바랐더니 봄이 오고 보니 너무 일찍 왔나 두려워합니다.

철모르는 아이들은 뒷동산에 해당화가 피었다고 다투어 말하기로 듣고도 못 들은 체하였더니
야속한 봄바람은 나는 꽃을 불어서 경대 위에 놓입니다그려.
시름없이 꽃을 주워서 입술에 대고 "너는 언제 피었니" 하고 물었습니다.
꽃은 말도 없이 나의 눈물에 비쳐서 둘도 되고 셋도 됩니다.

라다크, 1998

매화

김용택

매화꽃이 피면

그대 오신다고 하기에

매화더러 피지 마라고 했어요

그냥, 지금처럼

피우려고만 하라구요

화엄사, 2019

국화 옆에서

서정주

한 송이의 국화꽃을 피우기 위해
봄부터 소쩍새는
그렇게 울었나 보다.

한 송이의 국화꽃을 피우기 위해
천둥은 먹구름 속에서
또 그렇게 울었나 보다.

그립고 아쉬움에 가슴 조이던
머언 먼 젊음의 뒤안길에서
인제는 돌아와 거울 앞에 선
내 누님같이 생긴 꽃이여.

노오란 네 꽃잎이 피려고
간밤엔 무서리가 저리 내리고
내게는 잠도 오지 않았나 보다.

안성, 2012

선운사에서

최영미

꽃이
피는 건 힘들어도
지는 건 잠깐이더군

골고루 쳐다볼 틈 없이
님 한번 생각할 틈 없이
아주 잠깐이더군

그대가 처음
내 속에 피어날 때처럼
잊는 것 또한 그렇게
순간이면 좋겠네

멀리서 웃는 그대여
산 넘어 가는 그대여

꽃이
지는 건 쉬워도
잊는 건 한참이더군
영영 한참이더군

제주, 2008

알 수 없어요

한용운

바람도 없는 공중에 수직(垂直)의 파문을 내이며 고요히 떨어지는 오동잎은 누구의 발자취입니까.
지리한 장마 끝에 서풍에 몰려가는 무서운 검은 구름의 터진 틈으로 언뜻언뜻 보이는 푸른 하늘은 누구의 얼굴입니까.
꽃도 없는 깊은 나무에 푸른 이끼를 거쳐서 옛 탑(塔) 위의 고요한 하늘을 스치는 알 수 없는 향기는 누구의 입김입니까.
근원은 알지도 못할 곳에서 나서 돌부리를 울리고 가늘게 흐르는 작은 시내는 굽이굽이 누구의 노래입니까.
연꽃 같은 발꿈치로 가이없는 바다를 밟고 옥 같은 손으로 끝없는 하늘을 만지면서 떨어지는 날을 곱게 단장하는 저녁놀은 누구의 시(詩)입니까.
타고 남은 재가 다시 기름이 됩니다. 그칠 줄을 모르고 타는 나의 가슴은 누구의 밤을 지키는 약한 등불입니까.

남해, 2009

세월이 가면

박인환

지금 그 사람 이름은 잊었지만
그 눈동자 입술은
내 가슴에 있어.

바람이 불고
비가 올 때도
난 저 유리창 밖
가로등 그늘의 밤을 잊지 못하지.

사랑은 가고
과거는 남는 것
여름날의 호숫가
가을의 공원
그 벤치 위에
나뭇잎은 떨어지고
나뭇잎은 흙이 되고
나뭇잎에 덮여서
우리들 사랑이 사라진다 해도

지금 그 사람 이름은 잊었지만
그의 눈동자 입술은

내 가슴에 있어
내 서늘한 가슴에 있건만.

고삼, 2017

사랑굿 1

김초혜

그대 내게 오지 않음은
만남이 싫어 아니라
떠남을
두려워함인 것을 압니다

나의 눈물이 당신인 것을
알면서도 모르는 체
감추어두는 뜻은
버릴래야 버릴 수 없고
얻을래야 얻을 수 없는
화염(火焰) 때문임을 압니다

곁에 있는
아픔도 아픔이지만
보내는 아픔이
더 크기에
그립고 사는
사랑법을 압니다

두 마음이 맞비치어도
갖고 싶어 갖지 않는

사랑의 보(褓)를 묶을 줄 압니다

경주, 2018

사막

오스텅스 블루

그 사막에서 그는
너무 외로워
때로는 뒷걸음질로 걸었다
자기 앞에 찍힌
발자국을 보려고

사하라 사막, 2007

장미와 가시

김승희

눈먼 손으로
나는 삶을 만져보았네.
그건 가시투성이였어.

가시투성이 삶의 온몸을 만지며
나는 미소 지었지.
이토록 가시가 많으니
곧 장미꽃이 피겠구나 하고.

장미꽃이 피어난다 해도
어찌 가시의 고통을 잊을 수 있을까
해도 장미꽃이 피기만 한다면
어찌 가시의 고통을 버리지 못하리오.

눈먼 손으로
삶을 어루만지며
나는 가시투성이를 지나
장미꽃을 기다렸네.

그의 몸에는 많은 가시가
돋아 있었지만, 그러나,

나는 한 송이의 장미꽃도 보지 못하였네.

그러니, 그대, 이제 말해주오,
삶은 가시장미인가 장미가시인가
아니면 장미의 가시인가, 또는
장미와 가시인가를.

말리 니제르강, 2007

낙엽

구르몽

시몬 나뭇잎 져버린 숲으로 가자
낙엽은 이끼와 돌과 오솔길을 덮고 있구나
시몬 너는 좋으냐
낙엽 밟는 소리가
낙엽의 빛깔은 부드럽고 그 소리는 너무도 나직하구나
낙엽은 땅 위에 버림받은 나그네
시몬 너는 좋으냐
낙엽 밟는 소리가
해질 무렵 낙엽의 모습은 쓸쓸하고
바람 몰아칠 때마다 낙엽은 조용히 외치는데
시몬 너는 좋으냐
낙엽 밟는 소리가
발길에 밟힐 때마다 낙엽은 영혼처럼 흐느끼고
날개 소리, 여자의 옷자락 스치는 소리를 내는구나
시몬 너는 좋으냐
낙엽 밟는 소리가
가까이 오라 언젠가는 우리도 가련한 낙엽이 되리니
가까이 오라 날은 이미 저물고 바람은 우리를 감싸고 있구나
시몬 너는 좋으냐
낙엽 밟는 소리가

담양, 2013

그때는 그때의 아름다움을 모른다

박우현

이십대에는
서른이 두려웠다
서른이 되면 죽는 줄 알았다
이윽고 서른이 되었고 싱겁게 난 살아 있었다
마흔이 되니
그때가 그리 아름다운 나이였다.

삼십대에는
마흔이 무서웠다
마흔이 되면 세상 끝나는 줄 알았다
이윽고 마흔이 되었고 난 슬프게 멀쩡했다
쉰이 되니
그때가 그리 아름다운 나이였다.

예순이 되면 쉰이 그러리라
일흔이 되면 예순이 그러리라.

죽음 앞에서
모든 그때는 절정이다
모든 나이는 꽃이다
다만 그때는 그때의 아름다움을 모를 뿐이다.

라자스탄, 2007

인생 예찬

헨리 롱펠로

인생은 한낱 헛된 꿈이라고
내게 슬픈 노래랑 부르지 말라.
잠자는 영혼은 죽은 영혼
사물은 보기와는 다른 것.

인생은 진실한 것! 인생은 진지한 것!
무덤만이 그 목표는 아니다.
"그대 흙이니 흙으로 돌아가라"는 것은
우리 영혼을 두고 한 말은 아니리라.

우리가 가야 할 길 그 끝닿은 곳은
즐거움도 슬픔도 아닌
다만 내일의 하루하루가
오늘보다 더 나아지게 하는 것일 뿐

예술은 길고 세월은 덧없이 빠르다.
우리의 가슴은 든든하고 용기로 차 있으나
감싸인 북처럼 무덤을 향해
오늘도 장송곡을 울리고 있도다.

이 세상 드넓은 싸움터에서
인생의 야영장에서
그대 말없이 쫓기는 소 떼가 되지 말고
싸움에 앞장서는 영웅이 되어라!

아무리 즐거움 있을지라도 미래를 믿지 말라.
죽은 과거는 그만 묻어버려라!
그리고 행동하라—살아 있는 현재를 위해 실행하라!
안으론 젊은 가슴이 있고, 위로는 하느님이 계시니.

위대한 사람들의 생애가 말해 주노니,
우리도 숭고한 삶을 누릴 수 있고
이 세상 떠날 때 시간의 모래 위에
우리 발자국을 남길 수 있노라고.

아마도 누군가 우리 형제가
인생의 엄숙한 행도를 달리다가
난파되어 절망에 빠질 때
다시 마음 가다듬게 하는 그런 발자국을.

자, 우리 일어나 일을 하자.
어떤 운명이 닥쳐올지라도
기꺼이 이룩하고 추구하면서
수고하고 기다리는 것을 배우자.

로마, 2017

마음 하나

조오현

그 옛날 천하장수가
천하를 다 들었다 놓아도

한 티끌 겨자씨보다
어쩌면 더 작을

그 마음 하나는 끝내
들지도 놓지도 못했다더라

담양, 2014

타는 가슴

에밀리 디킨슨

애 타는 가슴 하나 위로할 수 있다면
내 삶은 결코 헛되지 않으리

한 생명의 아픔 덜어줄 수 있다면
괴로움 달래줄 수 있다면

둥지 잃은 새 한 마리
둥지로 다시 넣어줄 수 있다면

내 삶은 결코 헛되지 않으리

아프가니스탄, 2005

흔들리며 피는 꽃

도종환

흔들리지 않고 피는 꽃이 어디 있으랴
이 세상 그 어떤 아름다운 꽃들도
다 흔들리면서 피었나니
흔들리면서 줄기를 곧게 세웠나니
흔들리지 않고 가는 사랑이 어디 있으랴

젖지 않고 피는 꽃이 어디 있으랴
이 세상 그 어떤 빛나는 꽃들도
다 젖으며 젖으며 피었나니
바람과 비에 젖으며 꽃잎 따뜻하게 피웠나니
젖지 않고 가는 삶이 어디 있으랴

안성, 2013

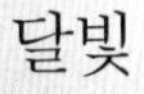

달빛

이규보

산에 사는 스님
달빛이 너무 좋아
물병 속에 함께 길어 담았네.

절에 들어와
뒤미처 깨닫고
병을 기울이니
달은 어디론가
사라져버렸네.

니제르강, 2007

나그네

— 술 익는 강마을의 저녁노을이여 — 지훈

박목월

강나루 건너서
밀밭 길을

구름에 달 가듯이
가는 나그네

길은 외줄기
남도 삼백 리

술 익는 마을마다
타는 저녁놀

구름에 달 가듯이
가는 나그네

안성 금광호수, 2009

갈대

신경림

언제부턴가 갈대는 속으로
조용히 울고 있었다.
그런 어느 밤이었을 것이다. 갈대는
그의 온몸이 흔들리고 있는 것을 알았다.

바람도 달빛도 아닌 것.
갈대는 저를 흔드는 것이 제 조용한 울음인 것을
까맣게 몰랐다.
— 산다는 것은 속으로 이렇게
조용히 울고 있는 것이란 것을
그는 몰랐다.

제주, 2010

송림에 눈이 오니

정철

송림에
눈이 오니
가지마다 꽃이로다

한 가지
꺾어내어
임 계신 데 보내고저

임께서
보오신 후에
녹아진들 어떠리

강릉, 2022

늦게 온 소포

고두현

밤에 온 소포를 받고 문 닫지 못한다.
서투른 글씨로 동여맨 겹겹의 매듭마다
주름진 손마디 한데 묶여 도착한
어머님 겨울 안부, 남쪽 섬 먼 길을
해풍도 마르지 않고 바삐 왔구나.

울타리 없는 곳에 혼자 남아
빈 지붕만 지키는 쓸쓸함
두터운 마분지에 싸고 또 싸서
속엣것보다 포장 더 무겁게 담아 보낸
소포 끈 찬찬히 풀다 보면 낯선 서울살이
찌든 생활의 겉꺼풀들도 하나씩 벗겨지고
오래된 장갑 버선 한 짝
해진 내의까지 감기고 얽힌 무명실 줄 따라
펼쳐지더니 드디어 한지더미 속에서 놀란 듯
얼굴 내미는 남해산 유자 아홉 개.

「큰 집 뒤따메 올 유자가 잘 댔다고 몇 개 따서
너어 보내니 춥울 때 다려 먹거라. 고생 만앗지야
봄 볕치 풀리믄 또 조흔 일도 안 잇것나. 사람이
다 지 아래를 보고 사는 거라 어렵더라도 참고

반다시 몸만 성키 추스리라」

헤쳐놓았던 몇 겹의 종이
다시 접었다 펼쳤다 밤새
남향의 문 닫지 못하고
무연히 콧등 시큰거려 내다본 밖으로
새벽 눈발이 하얗게 손 흔들며
글썽글썽 녹고 있다.

남해, 2014

예전엔 미처 몰랐어요

김소월

봄가을 없이 밤마다 돋는 달도
예전엔 미처 몰랐어요.

이렇게 사무치게 그리울 줄도
예전엔 미처 몰랐어요.

달이 암만 밝아도 쳐다볼 줄을
예전엔 미처 몰랐어요.

이제금 저 달이 설움인 줄은
예전엔 미처 몰랐어요.

서산, 1995

옛 마을을 지나며

김남주

찬서리
나무 끝을 나는 까치를 위해
홍시 하나 남겨둘 줄 아는
조선의 마음이여.

홍성, 2016

못

김재진

당신이 내 안에 못 하나 박고 간 뒤
오랫동안 그 못 뺄 수 없었습니다.
덧나는 상처가 두려워서가 아니라
아무것도 당신이 남겨놓지 않았기에
말 없는 못 하나도 소중해서입니다.

라다크, 2019

천만리 머나먼 길에

왕방연

천만리 머나먼 길에 고운 님 여의옵고
내 마음 둘 데 없어 냇가에 앉았으니
저 물도 내 안 같아 울며 밤길 예놋다

안성, 2011

그 사람에게

신동엽

아름다운
하늘 밑
너도야 왔다 가는구나
쓸쓸한 세상세월
너도야 왔다 가는구나.

다시는
못 만날지라도 먼 훗날
무덤 속 누워 追憶하자,
호젓한 산골길서 마주친
그날, 우리 왜
인사도 없이
지나쳤던가, 하고.

타클라마칸 사막, 1995

광야

이육사

까마득한 날에
하늘이 처음 열리고
어디 닭 우는 소리 들렸으랴

모든 산맥(山脈)들이
바다를 연모(戀慕)해 휘달릴 때도
차마 이곳을 범(犯)하던 못하였으리라

끊임 없는 광음(光陰)을
부지런한 계절(季節)이 피어선 지고
큰 강(江)물이 비로소 길을 열었다

지금 눈 나리고
매화향기(梅花香氣) 홀로 아득하니
내 여기 가난한 노래의 씨를 뿌려라

다시 천고(千古)의 뒤에
백마(白馬) 타고 오는 초인(超人)이 있어
이 광야(曠野)에서 목놓아 부르게 하리라

칭하이, 1998

낙화

조지훈

꽃이 지기로소니
바람을 탓하랴.

주렴 밖에 성긴 별이
하나 둘 스러지고

귀촉도 울음 뒤에
머언 산이 다가서다.

촛불을 꺼야 하리
꽃이 지는데

꽃 지는 그림자
뜰에 어리어

하이얀 미닫이가
우련 붉어라.

묻혀서 사는 이의
고운 마음을

아는 이 있을까
저어하노니

꽃이 지는 아침은
울고 싶어라.

천리포, 2017

서시

윤동주

죽는 날까지 하늘을 우러러
한 점 부끄럼이 없기를,
잎새에 이는 바람에도
나는 괴로워했다.
별을 노래하는 마음으로
모든 죽어가는 것을 사랑해야지.
그리고 나한테 주어진 길을
걸어가야겠다.

오늘밤에도 별이 바람에 스치운다.

미조, 2010

| 3장 |

행복

새로운 시도를 하지 않았다면? 생각만 해도 아찔하다. 나름대로 바르게 살고 있다고 생각했었다. 대학에서는 학자로서의 역할, 진료—연구—교육을 최우선에 두고 다른 일들은 한 켠에 밀어두고 지냈었다. 소중한 인연들을 보살피는 일조차도.

티케이정형외과를 시작한 후 참으로 많은 일을 경험하며 지내고 있다. 기쁘고 흐뭇한 시간보다는 걱정하며 가슴 저리는 시간들이 더 많다. 그러나 이 시간들로 생각하고, 헤아리고, 깨닫게 된 많은 사실이 오히려 고맙다. 많은 분께 도움을 받았다.

오체투지, 온몸을 낮추어서 한 걸음 한 걸음 나아가는 티베트 수행자처럼, 만나는 한 분 한 분의 인연마다 정성을 다하겠다는 다짐으로 이 고마움을 대신한다.

순리

신흠

세상에 단 하루도
안개 끼지 않는 새벽이 없지만
그 안개가
새벽을 어둡게 만들지 못하고,

세상에 단 하루도
구름 끼지 않는 낮이 없지만
그 구름이
낮을 밤으로 만들지 못한다.

안성목장, 2016

방랑의 길에서

헤르만 헤세

슬퍼하지 마라. 이내 밤이 온다.
밤이 되면 파리해진 산 위에서
살며시 웃음 짓는 달을 보며
서로 손을 잡고 쉬자.

슬퍼하지 마라. 이내 때가 온다.
때가 오면 쉬자.

우리들의 작은 십자가가
밝은 길가에 둘이 서로 서 있을 것이다.
비가 오고 눈이 오고
바람이 오고 갈 것이다.

바이칼호, 2019

달빛과 산빛

최항

뜨락 가득 달빛은 연기 없는 등불이요
자리 드는 산빛은 청치 안은 손님일세.
솔바람 가락은 악보 밖을 연주하니
보배로이 여길 뿐 남에겐 못 전하리.

말리, 2007

휘는 보리처럼

사라 티즈데일

휘는 보리처럼
바닷가 낮은 들판
모진 해풍 속에서
끊임없이 노래하며

휘었다가 다시 일어서는
보리처럼
나도 부서지지 않고,
고통에서 일어나리라

나도 나직하게
낮이 가고 밤이 새도록
내 슬픔을 노래로 바꾸리라

라다크, 1998

젊은 시인에게 보내는 편지

라이너 마리아 릴케

네 마음속의
풀리지 않는 모든 것에 대해
인내심을 가져라.

그리고 그 문제 자체를
사랑하려고 노력하라,
굳게 닫힌 방이나
낯선 외국어로 쓰인 책처럼.

네가 바로 얻을 수 없는 그 답을
당장 찾으려고 하지 마라.

중요한 건 모든 것을 직접 겪어보는 일이다.
지금 그 문제들을 겪어보라.
언젠가 먼 미래에
자신도 알지 못하는 사이에
삶이 그대에게 해답을 가져다줄 것이다.

중국 천산협곡, 1997

나를 키우는 말

이해인

행복하다고 말하는 동안은
나도 정말 행복해서
마음에 맑은 샘이 흐르고

고맙다고 말하는 동안은
고마운 마음 새로이 솟아올라
내 마음도 더욱 순해지고

아름답다고 말하는 동안은
나도 잠시 아름다운 사람이 되어
마음 한 자락이 환해지고

좋은 말이 나를 키우는 걸
나는 말하면서
다시 알지

라자스탄, 2007

이 또한 지나가리라

랜터 윌슨 스미스

큰 슬픔이 거대한 강물처럼 네 삶에 밀려와
마음의 평화를 산산조각 내고
가장 소중한 것들을 네 눈에서 영원히 앗아갈 때면
네 가슴에 대고 말하라.
'이 또한 지나가리라.'

끝없이 힘든 일들이
네 기쁨의 노래를 멈추게 하고
기도하기에도 너무 지칠 때면
이 진실의 말이 네 마음의 슬픔을 사라지게 하고
힘겨운 하루하루의 무거운 짐에서 벗어나게 하라.
'이 또한 지나가리라.'

행운이 네게 미소 짓고
환희와 기쁨으로 가득 차
걱정 없는 날들이 스쳐갈 때면
세속의 기쁨에 젖어 안식하지 않도록
이 말을 깊이 생각하고 가슴에 품어라.
'이 또한 지나가리라.'

너의 성실한 노력이 명예와 영광

그리고 지상의 모든 귀한 것들을
네게 가져와 웃음을 선사할 때면
인생에서 가장 오래 지속되고
웅대한 일도
지상에서 잠깐 스쳐가는 작은 순간임을 기억하라.
'이 또한 지나가리라.'

라다크, 2008

풀 한 포기의 절

박호영

그 옛날 부처께서 길을 가다가
어느 곳을 가리켜 절을 짓고 싶다 하니
거기에 풀 한 포기 꽂으며
절을 다 지어놓았다고
응수한 이도 있었다는데
하기야 절이 어디 따로 있는 것인가
마음 안에 절이 있으면
수시로 그 절을 드나들며
불공을 드릴 수 있는 것이요
마음 밖에서는 절뿐만이 아니라
어떤 화려한 집도 집이 아닌 것이니

보령, 2015

아지랑이

조오현

나아갈 길이 없다 물러설 길도 없다
둘러봐야 사방은 허공 끝없는 낭떠러지
우습다
내 평생 헤매어 찾아온 곳이 절벽이라니

끝내 삶도 죽음도 내던져야 할 이 절벽에
마냥 어지러이 떠다니는 아지랑이들
우습다
내 평생 붙잡고 살아온 것이 아지랑이더란 말이냐

이스터섬, 1999

인생 거울

매들린 브리지스

세상에는 변치 않는 마음과
굴하지 않는 정신이 있다
순수하고 진실한 영혼도 있다
그러므로 자신이 가진
최상의 것을 세상에 내어주라
최상의 것이 그대에게 돌아오리라
마음의 씨앗을 세상에 뿌리는 일이
지금은 헛되어 보일지라도
언젠가는 열매를 거두게 되리라
왕이든 걸인이든 삶은 다만 하나의 거울
우리의 존재와 행동을 비춰줄 뿐
자신이 가진 최상의 것을 세상에 내어주라
최상의 것이 그대에게 돌아오리라

갠지스강, 2008

멀고 먼 길

김초혜

오 하느님
나이는 먹었어도
늙은 아이에 불과합니다
햇살은 발끝에 기울었는데
내 몸이나 구하자 하고
굽은 마음 어쩌지 못해
얼굴을 숨기기도 합니다
몸 안에 가득 들여놓은 꽃은
붉은 조화 나부랭이였습니다
어찌
고요를 보았다 하겠습니까

남해, 2013

평온함을 위한 기도

라인홀드 니버

하느님!

제게 바꿀 수 없는 일들을 받아들이는 평온함을 주시고

제가 바꿀 수 있는 일들은 변화시킬 용기를 주시며,

또 이 둘을 구별하는 지혜를 주소서.

하루를 살아도 한껏 살게 하여주시고,

한순간을 즐겨도 한껏 즐기게 해주시며,

고난은 평화에 이르는 길임을 받아들이게 해주소서.

죄 많은 이 세상, 주님께서 그대로 끌어안으셨듯이

저도 이 세상을 제 뜻대로 변화시키려 하지 않고

있는 그대로 끌어안게 해주소서.

제가 하느님의 뜻에 자신을 맡기기만 한다면

당신께서 만사를 다 올바로 이룩하실 것을 믿게 해주소서.

그리하여 제가 이 생을 사는 동안

도리에 맞게 행복을 누리고,

주님과 함께 더 없는 행복을

다음 생에서도 영원히 누리게 해주소서.

토스카나, 2018

긍정적인 밥

함민복

詩 한 편에 삼만 원이면
너무 박하다 싶다가도
쌀이 두 말인데 생각하면
금방 마음이 따뜻한 밥이 되네

시집 한 권에 삼천 원이면
든 공에 비해 헐하다 싶다가도
국밥이 한 그릇인데
내 시집이 국밥 한 그릇만큼
사람들 가슴을 따뜻하게 덮혀줄 수 있을까
생각하면 아직 멀기만 하네

시집이 한 권 팔리면
내게 삼백 원이 돌아온다
박리다 싶다가도
굵은 소금이 한 됫박인데 생각하면
푸른 바다처럼 상할 마음 하나 없네

말리, 2007

가지 않은 길

로버트 프로스트

노란 숲속에 두 갈래 길이 있었지,
두 길 모두 가지 못해
오랫동안 서서 바라보았지
저 멀리 덤불 속으로
구부러진 길이 보이지 않을 때까지

그러다 마찬가지로 아름다운,
어쩌면 더 나은
풀이 무성하고 인적이 없는 길을 택했지
그 길로 갔더라도
똑같이 길이 밟혔겠지만,

그리고 그날 아침 두 길은 모두 고르게
나뭇잎에 덮여 검게 눌린 흔적이 없었지
아, 또 다른 날을 위해 나는 첫 번째 길을 남겨두었지!
어떻게 길을 가는지 알고 있지만,
내가 다시 오리라 믿진 않았네

나는 한숨을 쉬며 이렇게 말하겠지
몇 년이고 오래오래
숲속에서 두 길이 갈라졌고 나는……
사람들이 덜 가는 곳을 갔고,
그것으로 모든 것이 달라졌다고

티베트 서쪽, 1997

인생

칼릴 지브란

나는 수다쟁이로부터는 침묵을
참을성이 없는 사람으로부터는 인내를
불친절한 사람으로부터는 친절을 배웠습니다
그럼에도 참으로 이상한 것은
내가 이 스승들에게 조금도
고마워하고 있지 않다는 사실입니다
편협한 자는 돌처럼 귀가 먼
웅변가와 같습니다
질투는 침묵 속에서도
너무나 무섭습니다
그대가 배움의 삶 그 끝에 이르렀을 때
그대는 느낌의 삶 그 시작에 닿는 것입니다

니제르강, 2007

삶이 그대를 속일지라도

알렉산드르 푸시킨

삶이 그대를 속일지라도
슬퍼하거나 불평하지 말라.
고통의 날을 견디면
기쁨의 날이 오리니.

마음은 미래를 살고
현재는 슬픈 것.
모든 것은 순식간에 지나가고
지나가는 것은 훗날 소중하게 되리니.

라다크, 2008

책

존 플레처

내가 즐기도록 내버려두어라
가장 좋은 벗인 책이 있는 곳이라면
어디든 영광스러운 궁전인 것을
나는 그곳에서 현인들과 철학자들과 논다
그리고 때로는 변화를 위해
그들을 비판하고
환상에 잘못 새겨진
그들의 모습을 지우기도 한다
이런 즐거움을 주는 책은
나의 영원한 친구이고 반려자다
책은 가장 순수한 행복을 주는
인생의 나침반이다

안성, 2012

열매

오세영

세상의 열매들은 왜 모두
둥글어야 하는가.
가시나무도 향기로운 그의 탱자만은 둥글다.
땅으로 땅으로 파고드는 뿌리는
날카롭지만,
하늘로 하늘로 뻗어가는 가지는
뾰족하지만
스스로 익어 떨어질 줄 아는 열매는
모가 나지 않는다.

덥석
한입에 물어 깨무는
탐스런 한 알의 능금
먹는 자의 이빨은 예리하지만
먹히는 능금은 부드럽다.

그대는 아는가,
모든 생성하는 존재는 둥글다는 것을
스스로 먹힐 줄 아는 열매는
모가 나지 않는다는 것을.

아오모리현, 2008

희망의 바깥은 없다

도종환

희망의 바깥은 없다
새로운 것은 언제나 낡은 것들 속에서
싹튼다 얼고 시들어서 흙빛이 된 겨울 이파리
속에서 씀바귀 새 잎은 자란다
희망도 그렇게 쓰디쓴 향으로
제 속에서 자라는 것이다 지금
인간의 얼굴을 한 희망은 온다
가장 많이 고뇌하고 가장 많이 싸운
곪은 상처 그 밑에서 새살이 돋는 것처럼
희망은 스스로 균열하는 절망의
그 안에서 고통스럽게 자라난다
안에서 절망을 끌어안고 뒹굴어라
희망의 바깥은 없다

마다가스카르, 2007

대추 한 알

장석주

저게 저절로 붉어질 리는 없다.
저 안에 태풍 몇 개
저 안에 천둥 몇 개
저 안에 벼락 몇 개

저게 저 혼자 둥글어질 리는 없다.
저 안에 무서리 내리는 몇 밤
저 안에 땡볕 두어 달
저 안에 초승달 몇 날

스피티 밸리, 2018

새로워지십시오

M. M. 맥고

자기 자신을 표현하십시오
당신의 행동이
당신을 대변하도록 하십시오
당신을 있는 그대로
아끼지 말고 표현하십시오
그리고 함께 나누십시오

매일매일 새로운 것을 배우십시오
이미 할 줄 아는 일도
반복해 연습하십시오
자신을 몇 가지 일에만
국한시키지 마십시오
항상 방심하지 마십시오

선택하고 도전하고 반응하고
그리고 음미하십시오
스스로 할 일을 선택해서
자기 자신을 위해 하십시오

만약 당신이 무인도에 홀로 남게 된다면
모든 것을 스스로 할 것입니다

오직 살아남기 위해서
매우 창의적으로 될 것입니다

그런데 왜 집에서는
당신만이 할 수 있는 그 높은 수준으로
살아가려 하지 않습니까?

잔스카르, 2008

다시

박노해

희망찬 사람은
그 자신이 희망이다

길 찾는 사람은
그 자신이 새 길이다

참 좋은 사람은
그 자신이 이미 좋은 세상이다

사람 속에 들어 있다
사람에서 시작된다

다시
사람만이 희망이다

잔스카르, 2008

지금 하라

찰스 스펄전

해야 할 일이 생각나거든 지금 하라
오늘 하늘은 맑지만 내일은 구름이 낄지 모른다
어제는 이미 당신의 것이 아니니 지금 하라
친절한 말 한마디라도
지금 말하라
내일은 당신의 것이 아닐지도 모른다
사랑하는 사람은 언제나 곁에 있지 않는다
사랑의 말이 떠오른다면 지금 하라
미소를 짓고 싶거든 지금 웃어주어라
친구가 떠나기 전에
장미는 피고 가슴 설렐 때
지금 당신의 미소를 주어라
불러야 할 노래가 있다면 지금 불러라
해가 저물면
노래를 부르기엔 너무나 늦다
당신의 노래를 지금 부르라

마다가스카르, 2007

사람, 일생의 계획

관중

일 년의 계획은
곡식 심기보다 중요한 것이 없고,

십 년의 계획은
나무 심기보다 중요한 것이 없으며,

일생의 계획은
사람 기르기보다 중요한 것이 없다.

하나를 심어서 하나를 얻는 것은 곡식이고
하나를 심어서 열을 얻는 것은 나무이며
하나를 심어서 백을 얻는 것은 사람이다.

안성, 2009

새로운 길

윤동주

내를 건너서 숲으로
고개를 넘어서 마을로

어제도 가고 오늘도 갈
나의 길 새로운 길

민들레가 피고 까치가 날고
아가씨가 지나고 바람이 일고

나의 길은 언제나 새로운 길
오늘도…… 내일도……

내를 건너서 숲으로
고개를 넘어서 마을로

우도, 1992

진정한 여행

나짐 히크메트

가장 웅장한 시는 아직 쓰이지 않았다.
가장 아름다운 노래는 아직 불리지 않았다.
가장 영광스러운 날들은 아직 살지 않은 날들.
가장 드넓은 바다는 아직 항해되지 않았고,
가장 긴 여행은 아직 끝나지 않았다.
불멸의 춤은 아직 추어지지 않았으며,
가장 빛나는 별은 아직 발견되지 않았다.
무엇을 해야 할지 더 이상 알 수 없을 때
그때 비로소 진정한 무엇인가를 할 수 있다.
어느 길로 가야 할지 더 이상 알 수 없을 때
그때가 비로소 진정한 여행의 시작이다.

말리, 2007

함께 가자 우리 이 길을

김남주

함께 가자 우리 이 길을
셋이라면 더욱 좋고 둘이라도 함께 가자
앞서가며 나중에 오란 말일랑 하지 말자
뒤에 남아 먼저 가란 말일랑 하지 말자
둘이면 둘 셋이면 셋 어깨동무하고 가자
투쟁 속에 동지 모아 손을 맞잡고 가자
열이면 열 천이면 천 생사를 같이하자
둘이라도 떨어져서 가지 말자
가로질러 들판 산이라면 어기여차 넘어주고
사나운 파도 바다라면 어기여차 건너주자
고개 너머 마을에서 목마르면 쉬었다 가자
서산낙일 해 떨어진다 어서 가자 이 길을
해 떨어져 어두운 길
네가 넘어지면 내가 가서 일으켜주고
내가 넘어지면 네가 와서 일으켜주고
산 넘고 물 건너 언젠가는 가야 할 길 시련의 길 하얀 길
가로질러 들판 누군가는 이르러야 할 길
해방의 길 통일의 길 가시밭길 하얀 길
가다 못 가면 쉬었다 가자
아픈 다리 서로 기대며.

티베트 서부, 1997

2부
절망이 아닌 희망

내 삶을 바꾼 명언

| 1장 |

관계 맺는 삶

첫눈이 왔다.

인도 의사들에게는 태어나서 처음으로 보는 눈이다.

이해선 작가가 카메라를 들고 아이들처럼 좋아하는 그들과 함께 나선다. 첫눈을 맞으며 세상에서 가장 행복한 순간을 즐기는 그들의 모습을 담아낸다. 자기의 이익을 생각하지 않는 사랑을 자비(慈悲)라고 한다. 두 글자는 비슷한 뜻이지만, 엄밀하게 자(慈)는 상대방에게 기쁨을 준다는 뜻이고, 비(悲)는 상대방의 고통을 함께 아파한다는 뜻이라고 한다. 이해선 작가의 사진은 피사체에 대한 그의 깊은 연민 때문인지 많은 경우 조금은 슬프다. 그러나 첫눈에서 씩씩하게 걷는 두 인도 의사의 힘찬 모습에서는 희망과 격려를 본다. 작가의 카메라에 담기는 모든 존재가 그의 자비의 염원으로 위로와 희망을 얻기를 기도한다.

진정한 아름다움

점점 나이가 들수록
비로소 그 사람의 진정한 아름다움이 드러나게 된다.

You can only perceive real beauty in a person as they get older.

아누크 에메

투루판, 1995

삶의 의미

삶의 의미는 우리가 얼마나 젊은이에게는 온화함을,
노인에게는 자애심을,
노력하는 사람에게는 공감을,
약자에게도 강자에게도 관용을 베풀었는가에 달려 있습니다.
왜냐하면 우리 모두 언젠가는 이 과정들을 통과하면서
일생을 살기 때문입니다.

How far you go in life depends on your being tender
with the young, compassionate with the aged,
sympathetic with the striving,
and tolerant of the weak and strong.
Because someday in your life you will have been all of these.

조지 워싱턴 카버

아프가니스탄, 2005

가장 중요한 것

소박한 것들이 가장 중요하다는 것을
나는 깨우치기 시작했다.

I am beginning to learn that it is the sweet, simple things of life
which are the real ones after all.

로라 잉걸스 와일더

로마, 1991

선행

오랫동안 선행을 하다 보면 당신은
자신도 모르는 사이에 선한 사람으로 변해 있을 것이다.

Keep doing good deeds long enough
and you'll probably turn out a good man in spite of yourself.

루이스 오친클로스

세네갈, 2007

분노

우리는 원인 그 자체보다
그 원인에 대한 분노로 더 많은 괴로움을 겪는다.

How much more grievous are the consequences
of anger than the causes of it.

마르쿠스 아우렐리우스

로마, 2017

균형 있는 삶

일 년 중에는 낮 못지않게 밤도 많고,
낮의 길이에 못지않게 밤의 길이도 존재한다.
행복한 삶도 어둠이 없으면 있을 수 없고,
슬픔이라는 균형이 없으면
'행복'이란 말은 그 의미를 잃어버린다.

There are as many nights as days,
and the one is just as long as the other in the year's course.
Even a happy life cannot be without a measure of darkness,
and the word 'happy' would lose its meaning
if it were not balanced by sadness.

카를 구스타프 융

라다크, 2008

기운을 북돋다

자신의 기운을 북돋는 가장 좋은 방법은
다른 사람의 기운을 북돋는 것이다.

The best way to cheer yourself up is
to try to cheer somebody else up.

마크 트웨인

라자스탄, 2008

용서

인생은 용서를 전제로 한 모험이다.

Life is an adventure in forgiveness.

노먼 커즌스

미얀마, 2018

귀담아듣기

말을 귀담아듣는 자를 꺼리는 사람은 없다.

라다크, 2018

우정

"너도 그렇게 생각해?
나만 그런 줄 알았어"라고 말하는 순간
우정이 생겨난다.

Friendship is born at the moment
when one person says to another,
"What! You too? I thought I was the only one."

C. S. 루이스

제주, 2011

사는 게 힘들 때

누군가 '사는 게 힘들다'고 한숨을 내쉬면,
나는 늘 이렇게 되묻고 싶어진다.
'무엇과 비교해서?'

When I hear somebody say 'Life is hard',
I am always tempted to ask 'Compared to what?'.
시드니 해리스

파미르 고원, 1995

누군가의 잘못보다

타인의 잘못으로 내가 고생하는 것이
내가 잘못을 저지르는 것보다 낫고,
남을 믿지 못하는 것보다
속아 넘어가는 편이 훨씬 행복하다.

It is better to suffer wrong than to do it,
and happier to be sometimes cheated than not to trust.

새뮤얼 존슨

라자스탄, 2007

행복하게 사는 길

모든 사람에게 친절하고,
많은 사람들을 좋아하고 특별한 몇몇 사람을 사랑하고,
내가 사랑하는 이들에게 필요한 존재가 되는 것,
이것은 분명히 행복에 가장 가까이 다가가는 길이다.

To be kind to all, to like many and love a few,
to be needed and wanted by those we love, is
certainly the nearest we can come to happiness.

메리 스튜어트

밀양 사자평, 1988

진정한 탐험

진정한 탐험은 새로운 풍광을 찾는 것이 아니라
새로운 시야를 찾는 것이다.

The real voyage of discovery consists
not in seeking new landscapes but in having new eyes.

마르셀 프루스트

안성의 봄, 2010

인격의 성장

인격은 편안하고 고요한 환경에서 성장하지 않는다.
오직 시련과 고통의 경험을 통해서만 영혼이 강해지고,
패기가 생기며 성공할 수 있다.

Character cannot be developed in ease and quiet.
Only through experience of trial and suffering
can the soul be strengthened,
ambition inspired, and success achieved.

헬렌 켈러

사하라, 2007

진정한 나

진정한 나를 보여주는 것은
내가 지향하는 곳,
그리고 그곳에 이르렀을 때 내가 하는 행동이다.

It is where we go, and what we do when we get there,
that tells us who we really are.

조이스 캐롤 오츠

우도, 2010

참되게 사는 것

진정한 종교는 참되게 사는 삶이다.
자신이 가진 모든 선함과 정의로움을 바쳐
혼신의 힘을 다해
사는 것이 진정한 종교다.

True religion is real living;
living with all one's soul,
with all one's goodness and righteousness.

알베르트 아인슈타인

티베트, 2002

우정의 관리

살아가면서 새로운 사람을 사귀지 않으면
머지않아 혼자 남겨진 자신을 발견하게 될 것이다.
사람은 항상 우정을 유지해야 한다.

If a man does not make new acquaintances
as he advances through life,
he will soon find himself left alone.
A man, sir, should keep his friendship in a constant repair.

새뮤얼 존슨

아프가니스탄, 2005

정직과 용기

누구나 정직하고 용기 있게 산다면 경험을 통해 성장할 수 있다.

People grow through experience
if they meet life honestly and courageously.

엘리너 루즈벨트

라자스탄, 2007

내가 먹은 것

당신이 무엇을 먹었는지 말해 보라.

그럼 나는 당신이 어떤 사람인지 말해 주겠다.

Tell me what you eat, and I will tell you who you are.

장 앙텔름 브리야사바렝

화성, 2016

남의 탓

다른 사람 탓만 하는 것은
자신의 변화 가능성을 포기하는 것이다.

When you blame others, you give up your power to change.

로버트 앤서니

이스터섬, 1999

화

화를 갖고 있는 것은
다른 사람에게 던질 작정으로
뜨거운 석탄을 움켜쥐고 있는 것과 같다.
결국 화상을 입는 사람은 바로 자신이다.

Holding on to anger is like grasping a hot coal
with the intent of throwing it at someone else;
you are the one who gets burned.

붓다

티베트, 1997

치유

서로를 치료하기 위해
우리가 할 수 있는 가장 가치 있는 일은
서로의 이야기에 귀를 기울여주는 것이다.

One of the most valuable things
we can do to heal one another is listen to each other's stories.

레베카 폴즈

청룡사, 2006

잠시 멈추다

가끔 행복을 추구하는 것을 잠시 멈추고
그저 행복을 느끼는 것도 좋다.

Now and then it's good to pause in our pursuit of happiness
and just be happy.

기욤 아폴리네르

라다크, 2008

마지막에 웃을 수 있는 삶

당신이 태어났을 때 당신은 울고, 세상은 기뻐했다.
당신이 죽을 때는 세상은 울고
당신은 웃을 수 있는 삶을 살아야 한다.

When you were born, you cried and the world rejoiced.
Live your life so that when you die,
the world cries and you rejoice.

체로키 인디언 속담

티베트, 1997

칭찬

가장 진정 어린 칭찬은 따라 하는 것이 아니라 경청하는 것이다.

Listening, not imitation, may be the sincerest form of flattery.

조이스 브라더스

광시, 2005

삶의 지혜

삶의 지혜란 불필요한 것들을 제거하는 데 있다.

The wisdom of life consists in the elimination of non-essentials.

임어당

샤허, 2003

친절함

친절하게 대하라.
그대가 만나는 모든 이들이 각자 힘든 전투를 하고 있으니.

Be kind, for everyone you meet is fighting a hard battle.

플라톤

라자스탄, 2007

관계

가장 쉬운 관계는 만 명과 맺는 것이며,
가장 어려운 관계는 단 한 명과 맺는 것이다.

The easiest kind of relationship for me is with ten thousand people. The hardest is with one.

조안 바에즈

안성, 2011

단 한 가지 잘한 일

아홉 가지 잘못을 찾아내 꾸짖는 것보다
단 한 가지 잘한 일을 찾아내서 칭찬하라.

Instead of finding nine faults and scolding about them,
find one good deed and compliment about it.

데일 카네기

델리, 2007

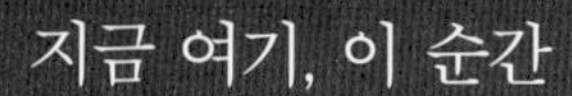

지금 여기, 이 순간

당신의 진정한 고향은 지금 여기, 이 순간에 있습니다.
그것은 시간, 공간, 국적, 인종에 구애받지 않습니다.
당신의 진정한 고향은 추상적인 개념이 아닙니다.
매 순간 만지고 느끼며 살아갈 수 있는 것입니다.

Your true home is in the here and the now.
It is not limited by time, space, nationality, or race.
Your true home is not an idea.
It is something you can touch and live in every moment.

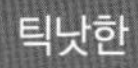

티베트, 1997

두 가지 마음가짐

궁정적인 마음가짐은 보약처럼 내 영혼을 살찌우지만,
부정적인 마음가짐은 질병처럼 내 영혼을 갉아먹는다.

A positive mind will fatten my spirit like a medicine,
but a negative mind will eat away my spirit like a disease.

나폴레온 힐

마다가스카르, 2007

작은 일에 소홀한 사람

작은 일에 진실하지 않은 사람은
중요한 일에 있어서도 믿을 수 없는 법이다.

Whoever is careless with the truth in small matters
cannot be trusted with important matters.

알베르트 아인슈타인

인레 호수, 2018

시각을 바꿔라

당신이 무언가가 맘에 들지 않으면 바꾸세요.
바꿀 수 없다면,
그것에 관한 당신의 시각을 바꿔보세요.

If you don't like something, change it.
if you can't change it,
change the way you think about it.

마야 안젤루

스피티 밸리, 2008

| 2장 |

성장하는 삶

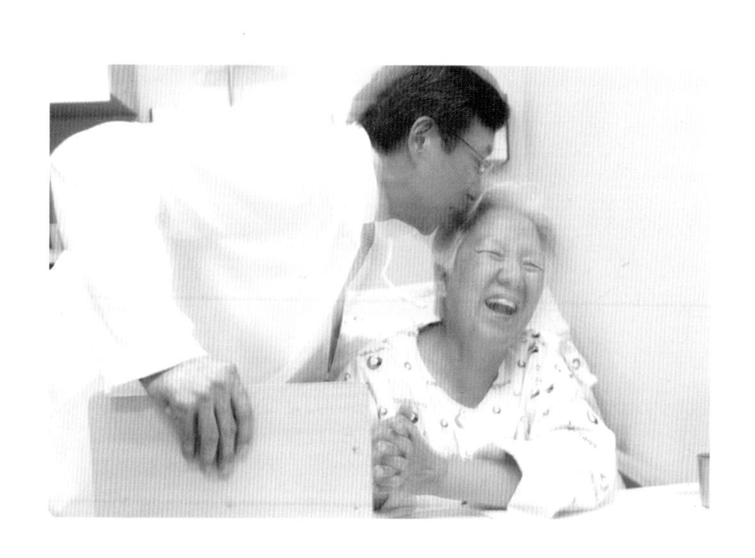

오늘도 진료실에서 저는 세상을 배웁니다.

불편한 두 다리로 꿋꿋하게 한 걸음씩 걷고 계신

자그마한 할머님께 오늘도 가장 깊고 넓은 것을 배우고 있습니다.

강한 정신

우리는 사실을 있는 그대로 받아들일 수 있는
강한 정신을 지니고 있어야 한다.

We must have strong minds, ready to accept facts as they are.
해리 트루먼

남해, 2020

흙은 쌓여 산이 되고

늙어서 생기는 병은
젊은 시절 불러들인 것이고

쇠락한 후 재앙은
모두 융성할 때
만들어진 것이다

겸손하고 신중한 마음을 다잡고
평생 조심스럽게 행동해야
건강과 복을 누릴 수 있다

홍자성

티베트, 1997

생각하는 대로

당신이 생각하는 대로
살지 않으면,
사는 대로 생각하게 된다.

If you don't live the way you think,
you'll think the way you live.

폴 발레리

칸쿤, 1994

가치 있는 것

일을 선택할 때는 충분히 중요하고 가치 있는 것을,
반드시 성공할 수 있는 작은 규모로 시작해라.

Pick battles big enough to matter, small enough to win.

조나단 코즐

로마, 2018

기회

기회란 강력하다.
항상 낚시 바늘을 던져두어라.
전혀 기대하지 않았던 물구덩이에서 물고기가 낚일 테니.

Chance is always powerful.
Let your hook be always cast;
in the pool where you least expect it, there will be a fish.

오비디우스

거제 갈매기, 2010

신념

세상을 살아 움직이게 하는 것은 진리가 아니라 신념이다.

Not truth, but faith it is that keeps the world alive.

에드나 밀레이

타르 사막, 1991

생각을 바꿔라

생각을 바꾸면 세상이 바뀐다.

Change your thoughts and you change your world.

노먼 빈센트 필

제주, 2009

기다려라, 인내하라

겨울철에는 절대 나무를 자르지 마라.
힘겨운 상황에 처했을 때는 부정적인 결정을 내리지 마라.
침울할 때는 중요한 결정을 내리지 마라.
기다려라. 인내하라.
폭풍은 지나갈 것이다.
그리고 봄이 올 것이다.

Never cut a tree down in the wintertime.
Never make a negative decision in the low time.
Never make your most important decisions
when you are in your worst moods.
Wait. Be patient.
The storm will pass.
The spring will come.

로버트 슐러

티베트의 구름, 1997

최선을 다하다

"나는 최선을 다했다."
이 인생 철학 하나면 충분하다.

"I have done my best."
That is about all the philosophy of living one needs.

임어당

세네갈, 2007

우리가 고칠 수 있는 것

우주에서 우리가 고칠 수 있는 것은 딱 한 가지밖에 없다.
그것은 바로 우리 자신이다.

There is only one corner of the universe
you can be certain of improving,
and that is your own self.

올더스 헉슬리

이스터섬, 1999

열정을 잃지 않는 능력

성공이란 실패를 거듭하면서도 열정을 잃지 않는 능력이다.

Success is the ability to go from one failure to another with no loss of enthusiasm.

윈스턴 처칠

카라코람 하이웨이, 1995

성취와 성공

나의 어머니는 항상 성취와 성공을 구별하셨다.
어머니는 내가 열심히 공부하고 일하고
할 수 있는 한 최선을 다해야만
그것이 곧 성취라고 말씀하셨다.
성공하면 다른 사람들로부터 찬사를 받는다.
그러나 성취만큼 중요하거나 만족스럽지는 않다.
성공을 바라는 것을 잊고 항상 성취를 목적으로 삼아야 한다.

My mother drew a distinction between
achievement and success.
She said that achievement is the knowledge
that you have studied and worked hard
and done the best that is in you.
Success is being praised by others, and
that is nice, too, but not as important or satisfying.
Always aim for achievement and forget about success.

헬렌 헤이즈

토스카나, 2017

일하는 즐거움

일하는 즐거움을 찾는 비결은 단 한마디에 담겨 있다.
그것은 탁월함이다.
무슨 일이든 잘 해내는 방법을 알고 있으면
하는 일이 더없이 즐겁다.

The secret of joy in work is contained in one word — excellence.
To know how to do something well is to enjoy it.

펄 벅

라다크, 1998

가야 할 항로

이상은 별과 같다.
우리가 결코 닿을 수는 없지만,
바다를 항해하는 뱃사람들처럼,
별들의 도움으로 가야 할 항로를
제대로 찾을 수 있다.

Ideals are like the stars:
we never reach them,
but like the mariners of the sea,
we chart our course by them.

카를 슈르츠

독도 앞바다, 2019

일의 미덕

일은 세 가지 큰 악덕을 몰아낸다.
권태, 부도덕, 그리고 가난이 그것이다.

Work banishes those three great evils,
boredom, vice, and poverty.

볼테르

말리, 2007

역풍

어느 정도의 역풍은 큰 도움이 된다.
연은 바람을 거슬러 하늘로 날아오르기 때문이다.

A certain amount of opposition is a great help to a man.
Kites rise against, not with, the wind.

루이스 멈포드

동해, 2018

일상의 작은 변화

큰 변화를 시도할 때
사소한 일상의 차이를 무시해서는 안 된다.
시간이 흐르면서 작은 변화들이 쌓여
우리가 종종 예측할 수 없는
큰 차이를 만들어낸다.

We must not, in trying to think about
how we can make a big difference,
ignore the small daily differences
we can make which, over time,
add up to big differences that we often cannot foresee.

메리언 라이트 에덜먼

남해, 2001

창의력

사람들에게 무엇을 어떻게 해야 하는지 절대 말하지 마라.
그들에게 무엇을 해야 하는지만 알려주면
그들은 놀랄 만한 창의력을 발휘할 것이다.

Never tell people how to do things.
Tell them what to do
and they will surprise you with their ingenuity.

조지 S. 패튼

라자스탄, 2012

방향키

만약 어떤 사람이 어느 항구로 항해해야 하는지 모른다면,
그 어떤 바람도 도움이 되지 않는다.

If a man know not to which port he sails,
no wind is favorable.
세네카

모론다바, 2007

자투리 시간

자투리 시간을 잘 챙겨라.
자투리 시간은 다이아몬드와 같아
버리면 그 가치가 영영 묻혀버린다.
그 대신 잘 닦아 가꾸면 유용하게 쓸 수 있는
가장 빛나는 보석이 된다.

Guard well your spare moments.
They are like uncut diamonds.
Discard them and their value will never be known.
Improve them
and they will become brightest gems in useful life.

랄프 왈도 에머슨

안성, 2011

앞으로 나아가다

거북이를 보라.
거북이는 고개를 내밀어야만 앞으로 나아간다.

Behold the turtle.
He makes progress only when he sticks his neck out.

제임스 브라이언트 코넌트

라다크, 2008

차근차근 해나가기

한 번에 하나씩 차근차근 해나간다면
하루 안에 모든 것을 처리할 시간은 충분히 있다.
그런데 한 번에 두 가지씩 해내려고 하면
일 년이라도 시간이 모자란다.

There is time enough for everything in the course of
the day if you do but one thing once;
but there is not time enough in the year
if you will do two things at a time.

체스터필드 경

팀북투, 2007

지금부터 시작하라

어느 누구도 과거로 돌아가 새로 시작할 수 없지만,
누구나 지금부터 시작해 전혀 다른 결과를 만들어낼 수는 있다.

Though no one can go back and make a brand new start,
anyone can start from now and make a brand new ending.

칼 바드

티베트의 순례자, 1997

어둠 속에서 성장한다

모든 성장은 어둠 속에서 도약하는 것이다.
경험해 보지 않았고 미리 계획하지 않았어도
경험을 통해 성장하게 된다.

All growth is a leap in the dark,
a spontaneous, unpremeditated act without
benefit of experience.

헨리 밀러

티베트, 1997

위기를 극복하기

위기에 처했을 때 인품 있는 사람은 이를 스스로 극복한다.
그는 자신의 행동을 결정하고,
책임을 지며, 그것을 자신의 것으로 만든다.

Faced with crisis, the man of character falls back on himself.
He imposes his own stamp of action,
takes responsibility for it, makes it his own.

샤를 드 골

티베트, 2002

행동하라

할 수 있는 행동을 행하라.
자신이 가진 한도 내에서,
자신이 있는 그 자리에서 행하라.

Do what you can, with what you've got, where you are.

시어도어 루스벨트

미얀마, 2018

시도하라

얼마나 많은 사람들이 불가능한 일이라고 말하는지,
얼마나 많은 사람들이 그 일을 이미 시도했는지
그것은 중요하지 않다.
무슨 일을 하든 그것이 당신에게는
첫 번째 시도임을 깨닫는 것이 중요한 것이다.

It doesn't matter how many say it cannot be done
or how many people have tried it before;
it's important to realize that whatever you're doing,
it's your first attempt at it.

월리 아모스

세네갈, 2007

담대하라

담대하라.

그리하면 어떤 큰 힘이 당신을 도와주기 시작할 것이다.

남해, 2019

용기

어떤 일에 도전할 엄두를 내지 못하는 것은
그 일이 어렵기 때문이 아니다.
용기를 내어 도전하지 않기 때문에 그 일이 어려운 것이다.

It is not because things are difficult that we do not dare,
it is because we do not dare that they are difficult.

세네카

이스터섬, 1999

기다리지 마라

쇠가 달궈질 때까지 치기를 기다리지 말고,
쇠를 쳐서 달궈지도록 하십시오.

Do not wait to strike till the iron is hot,
but make it hot by striking.
윌리엄 버틀러 예이츠

팀북투, 2007

끊임없는 배움

배움을 멈추지 말라.
날마다 한 가지씩 새로운 것을 배우면,
경쟁자의 99퍼센트 앞에 설 수 있다.

Never stop learning.
If you learn one new thing everyday,
you will overcome 99 percent of your competition.

조 카를로조

인도, 1991

우리 안에 있는 것

우리 뒤에 무엇이 놓여 있든
그리고 우리 앞에 무엇이 놓여 있든,
우리가 우리 안에 무엇을 간직하고 있는가에 비하면
아주 작은 일입니다.

What lies behind us and what lies before us are tiny matters
compared to what lies within us.
랄프 왈도 에머슨

바이칼 호수, 2019

끈기

달팽이가 노아의 방주에 오를 수 있었던 비결은
끈기 하나에 있다.

By perseverance the snail reached the ark.

찰스 스펄전

티베트, 1997

자신을 바꿔라

모두가 세상을 바꿔야 한다고 말한다.
하지만 어느 누구도 자신을 바꿀 생각은 하지 않는다.

Everyone thinks of changing the world,
but no one thinks of changing himself.

톨스토이

아프가니스탄, 2005

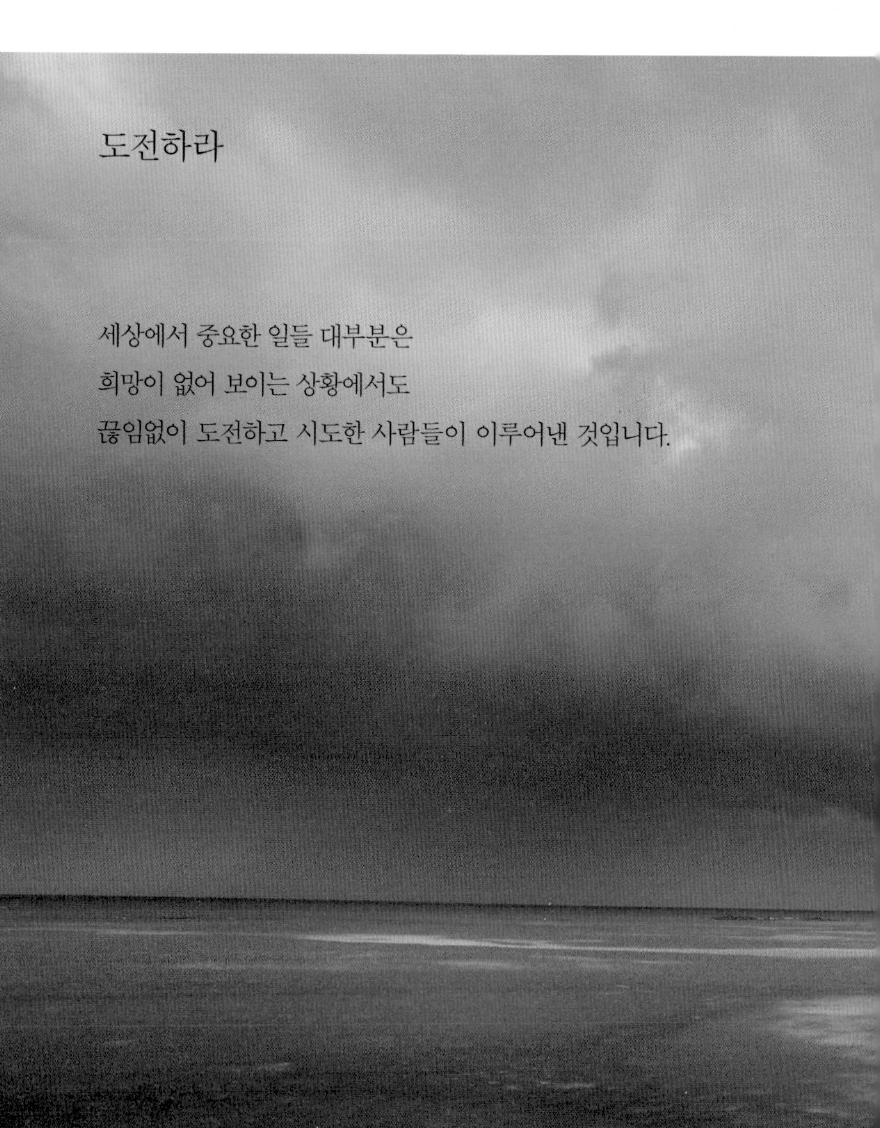

도전하라

세상에서 중요한 일들 대부분은
희망이 없어 보이는 상황에서도
끊임없이 도전하고 시도한 사람들이 이루어낸 것입니다.

Most of the important things in the world
have been accomplished by people who have kept on trying
when there seemed to be no hope at all.
데일 카네기

제주, 2012

기회를 잡다

기회라는 놈은 절대 노크하지 않는다.
당신이 문을 밀어 넘어뜨릴 때에야
비로소 모습을 드러낸다.

Opportunity does not knock,
it presents itself when you beat down the door.

카일 챈들러

라자스탄, 2007

게으름 극복하기

인간을 패배하게 만드는 주범은 게으름이다.
성공하고 싶다면 먼저 게으름을 극복해야 한다.

What defeats man is, most of all, laziness.
If you want to succeed,
you have to overcome your laziness first.

알베르 카뮈

라싸, 1997

병원에서는 퇴원을 앞둔 환자분들을 모시고 두 가지 작은 행사를 갖는다. 하나는 수요일 오후 4시에 환자 및 보호자와 함께 명상을 하고 마음을 나누는 '위즈덤 세션'이다. 이 모임이 진행되는 공간의 이름은 '위즈덤 센터'다. '위즈덤' 즉, 지혜란 무엇일까?

무릎 수술의 1차 목표는 무릎 관절 건강의 회복이다. 그러나 궁극적인 목표는 수술 후 환자분들이 행복한 삶을 살 수 있도록 돕는 것이다. 무릎 문제가 해결되고 난 후에도 여전히 행복한 삶과 거리가 먼 경우가 있다. 만성질환으로 고통받는 경우도 있고, 가족 간의 문제, 경제적인 어려움이 그 원인일 수 있다.

관절의 문제가 아닌 다른 원인들에 대해서 내가 도움을 줄 수 있는 여지는 별로 없다. 그러나 관점의 변화가 행복한 삶으로 나아가는 궁극적인 해결책일 수도 있을 것이다. 고통 없이 내가 바라는 모든 것이 이루어져야 행복한 삶이라고 생각하는 한 삶에서의 고통은 계속될 수밖에 없을 것이다.

늙어가며, 병을 앓고, 죽음을 향해서 가는 것이 세상의 섭리이며, 그것을 자연스럽게 받아들이고, 지금 이 순간 내가 느끼고 살아갈 수 있음에 감사하는 것, 이것이 행복한 삶을 살게 하는 지혜가 아닐까?

나의 행복을 좇으면 오히려 행복에서 멀어지고, 다른 이의 행복을 위해서 노력하면 내 행복이 오는 이치를 아는 것, 이것이 진정한 지혜가 아닐까? 위즈덤 세션에서 환자분들께는 물론 나 스스로에게 일깨우고자 애쓰는 교훈이다.

두 번째 행사는 '졸업여행'이다. 영어로는 'Going Home(집으로)'. 금요일 오후 3시에 옥상 강정화정원에서 재활 치료에서 배운 운동법인 걷기, 계단 오르기, 근력 운동, 스트레칭 등을 함께하면서 퇴원할 준비가 되었는지를 확인하는 시간이다.

이 시간에 모두 함께 나누는 이야기가 있다. 졸업은 한 가지 과정을 끝낸다는 뜻도 있지만, 새로운 과정이 시작된다는 뜻도 있다는 것을. 그래서인지 졸업을 의미하는 영어 단어는 마친다는 뜻의 graduation과 시작한다는 뜻의 commencement 두 가지가 있는 듯하다. 퇴원은 병원에서 재활 치료를 마친다는 뜻도 있고, 집에서의 재활 치료를 시작한다는 뜻이 있다고. 이제부터 삶 속에서 스스로 하는 재활 치료가 시작되는 것이라고.

이제 1년 6개월 동안 병원 가족들과 함께 읽은 시와 사진을 엮어서 책으로 내는 일을 졸업할 때가 되었다. 내가 현재를 어떻게 인식하는가에 따라 과거의 의미와 미래의 방향이 달라진다. 이 책을 읽는 분들이 매 순간 시작과 끝이 동시에 이루어짐을 알아차리는 지혜를 얻기를 기도한다. 병원 내 작은 가족들과 함께 읽고 배운 우리들의 사연을, 병원 밖 큰 가족들과 함께 나눌 수 있도록 책으로 내게 되었으니 이를 가능하게 해준 모든 선연이 감사할 따름이다.

책에 소개된 명시와 명언을 남겨주신 선현들, 여러 가지로 부족한 책과 사연을 귀하게 읽고 과분한 격려를 해주신 스승, 동료, 지인 들께 고개 숙여 감사드린다. 미흡한 원고를 이렇게 예쁜 책으로 엮어준 해냄출판사의 이혜진 주간과 최미혜 팀장께 고마운 마음을 전하고 싶다.

김태균

| 작품 출처 |

1부 살아 있는 기쁨

1장 사랑

- 김춘수, 「꽃」, 『그는 나에게로 와서 꽃이 되었다』, 시인생각, 2013년
- 함민복, 「마흔 번째 봄」, 『꽃봇대』, 대상미디어, 2011년
- 나태주, 「풀꽃 · 1」, 『바람에게 묻는다』, 푸른길, 2021년
- 박노해, 「사랑은 불이어라」, '박노해 시인의 숨고르기', 〈나눔문화〉, 2013년
- 이문재, 「어떤 경우」, 『지금 여기가 맨 앞』, 문학동네, 2014년
- 김초혜, 「어머니 1」, 『어머니』, 해냄, 2013년
- 함석헌, 「그 사람을 가졌는가」, 『어쩌면 별들이 너의 슬픔을 가져갈지도 몰라』, 위즈덤하우스, 2016년
- 김재진, 「사랑할 날이 얼마나 남았을까」, 『사랑할 날이 얼마나 남았을까』, 수오서재, 2014년
- 정현종, 「모든 순간이 꽃봉오리인 것을」, 『사랑할 시간이 많지 않다』, 문학과지성사, 2018년
- 김용택, 「달이 떴다고 전화를 주시다니요」, 『달이 떴다고 전화를 주시다니요』, 마음산책, 2021년
- 조지훈, 「승무」, 『평생 간직하고픈 시』, 북카라반, 2015년
- 이형기, 「낙화」, 『낙화』, 시인생각, 2013년
- 민병도, 「마침표」, 『들풀』, 목언예원, 2011년
- 나태주, 「사랑에 답함」, 『바람에게 묻는다』, 푸른길, 2021년

2장 그리움

- 김용택, 「매화」, 『그래서 당신』, 문학동네, 2006년
- 서정주, 「국화 옆에서」, 『미당 서정주 전집 1』, 은행나무, 2015년
- 최영미, 「선운사에서」, 『서른, 잔치는 끝났다』, 이미출판사, 2020년
- 김초혜, 「사랑굿 1」, 『사랑굿』, 마음서재, 2018년
- 김승희, 「장미와 가시」, 『흰 나무 아래의 즉흥』, 나남출판, 2014년
- 박우현, 「그때는 그때의 아름다움을 모른다」, 『그때는 그때의 아름다움을 모른다』, 작은숲, 2014년
- 조오현, 「마음 하나」, 『아득한 성자』, 시학, 2007년
- 도종환, 「흔들리며 피는 꽃」, 『흔들리며 피는 꽃』, 문학동네, 2012년

- 박목월, 「나그네」, 『청록집』, 을유문화사, 2006년
- 신경림, 「갈대」, 『갈대』, 시인생각, 2013년
- 고두현, 「늦게 온 소포」, 『늦게 온 소포』, 민음사, 2000년
- 김남주, 「옛 마을을 지나며」, 『꽃 속에 피가 흐른다』, 창비, 2004년
- 김재진, 「못」, 『누구나 혼자이지 않은 사람은 없다』, 꿈꾸는서재, 2015년
- 신동엽, 「그 사람에게」, 『신동엽 시전집』, 창비, 2013년
- 조지훈, 「낙화」, 『청록집』, 을유문화사, 2006년

3장 행복

- 이해인, 「나를 키우는 말」, 『서로 사랑하면 언제라도 봄』, 열림원, 2015년
- 박호영, 「풀 한 포기의 절」, 『아름다운 적멸』, 동학사, 2021년
- 조오현, 「아지랑이」, 『아득한 성자』, 시학, 2007년
- 김초혜, 「멀고 먼 길」, 『멀고 먼 길』, 서정시학, 2017년
- 함민복, 「긍정적인 밥」, 『모든 경계에는 꽃이 핀다』, 창비, 1996년
- 오세영, 「열매」, 『천년의 잠』, 시인생각, 2012년
- 도종환, 「희망의 바깥은 없다」, 『흔들리지 않고 피는 꽃이 어디 있으랴』, 알에이치코리아, 2014년
- 장석주, 「대추 한 알」, 『저게 저절로 붉어질 리는 없다』, 난다, 2021년
- 박노해, 「다시」, 『사람만이 희망이다』, 느린걸음, 2015년
- 김남주, 「함께 가자 우리 이 길을」, 『꽃 속에 피가 흐른다』, 창비, 2004년

새롭게 또 새롭게

초판 1쇄 2022년 7월 15일
초판 3쇄 2022년 8월 5일

엮은이 | 김태균
사진 | 이해선
펴낸이 | 송영석

주간 | 이혜진
기획편집 | 박신애 · 최미혜 · 최예은 · 조아혜
외서기획편집 | 정혜경 · 송하린
디자인 | 박윤정 · 유보람
마케팅 | 이종우 · 김유종 · 한승민
관리 | 송우석 · 황규성 · 전지연 · 채경민

펴낸곳 | (株)해냄출판사
등록번호 | 제10-229호
등록일자 | 1988년 5월 11일(설립일자 | 1983년 6월 24일)

04042 서울시 마포구 잔다리로 30 해냄빌딩 5 · 6층
대표전화 | 326-1600 **팩스** | 326-1624
홈페이지 | www.hainaim.com

ISBN 979-11-6714-039-5

파본은 본사나 구입하신 서점에서 교환하여 드립니다.